ELIN
La charmeuse de bêtes
I
ŒUVRE ORIGINALE : NAHOKO UEHASHI
DESSIN : ITOE TAKEMOTO

SOMMAIRE

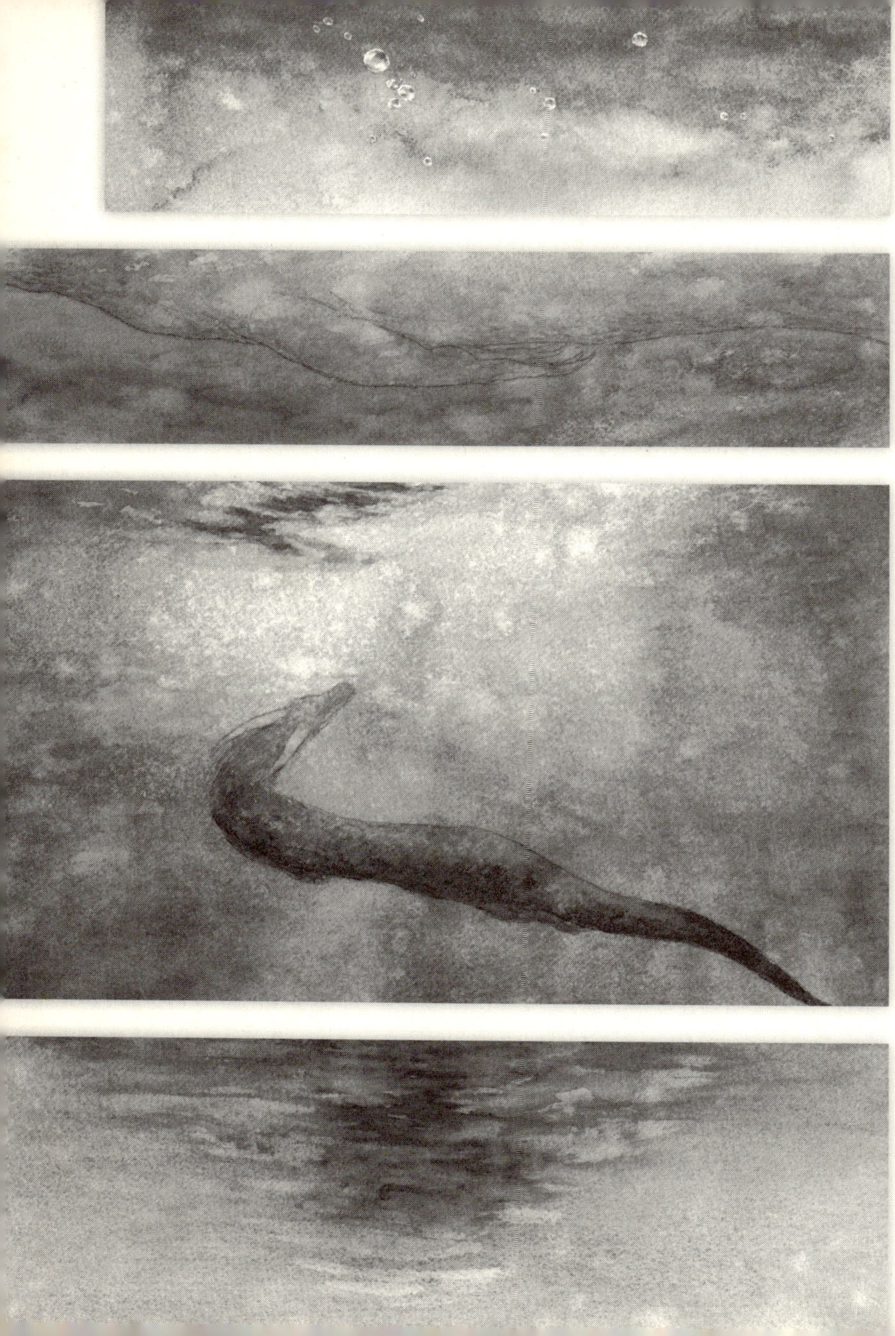

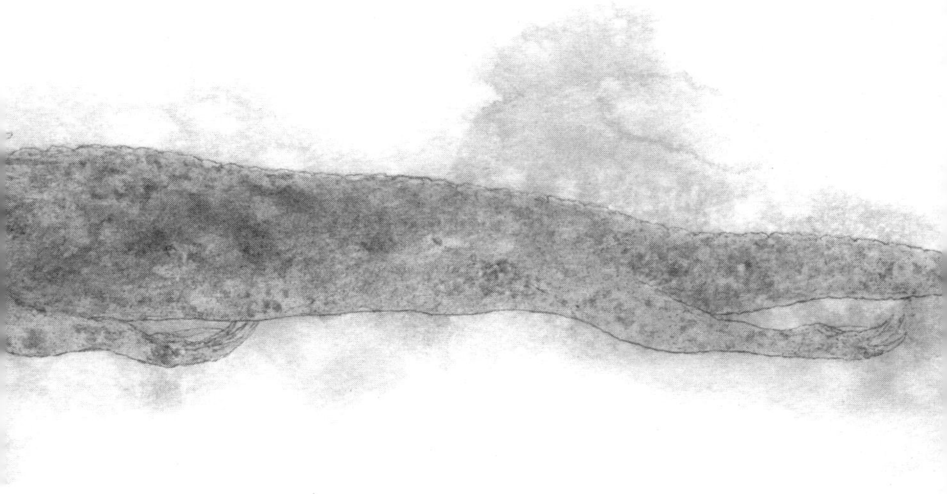

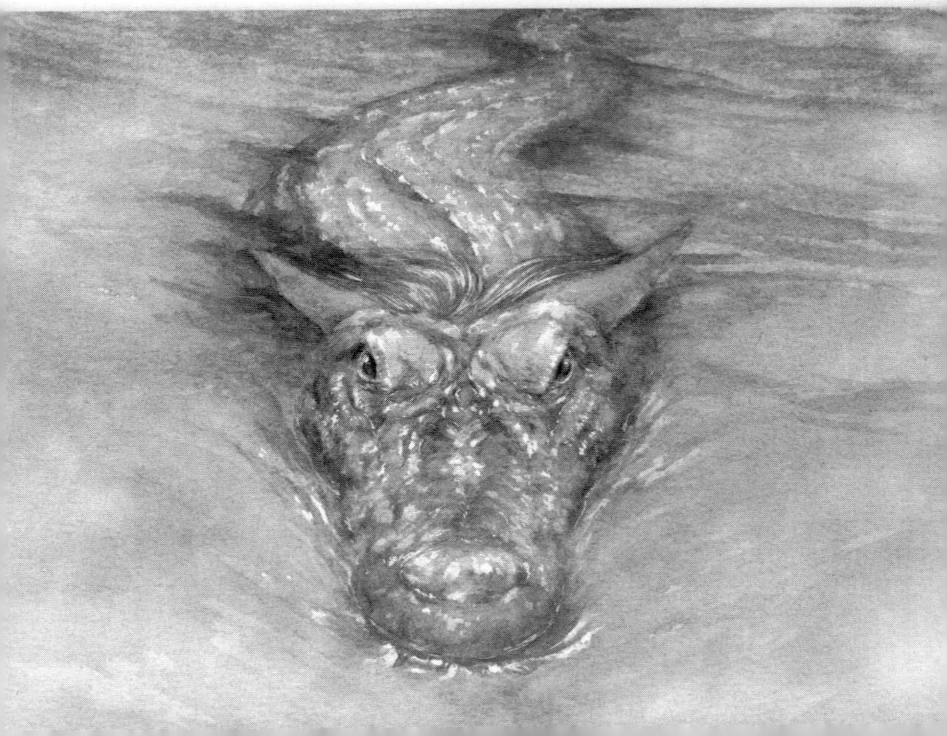

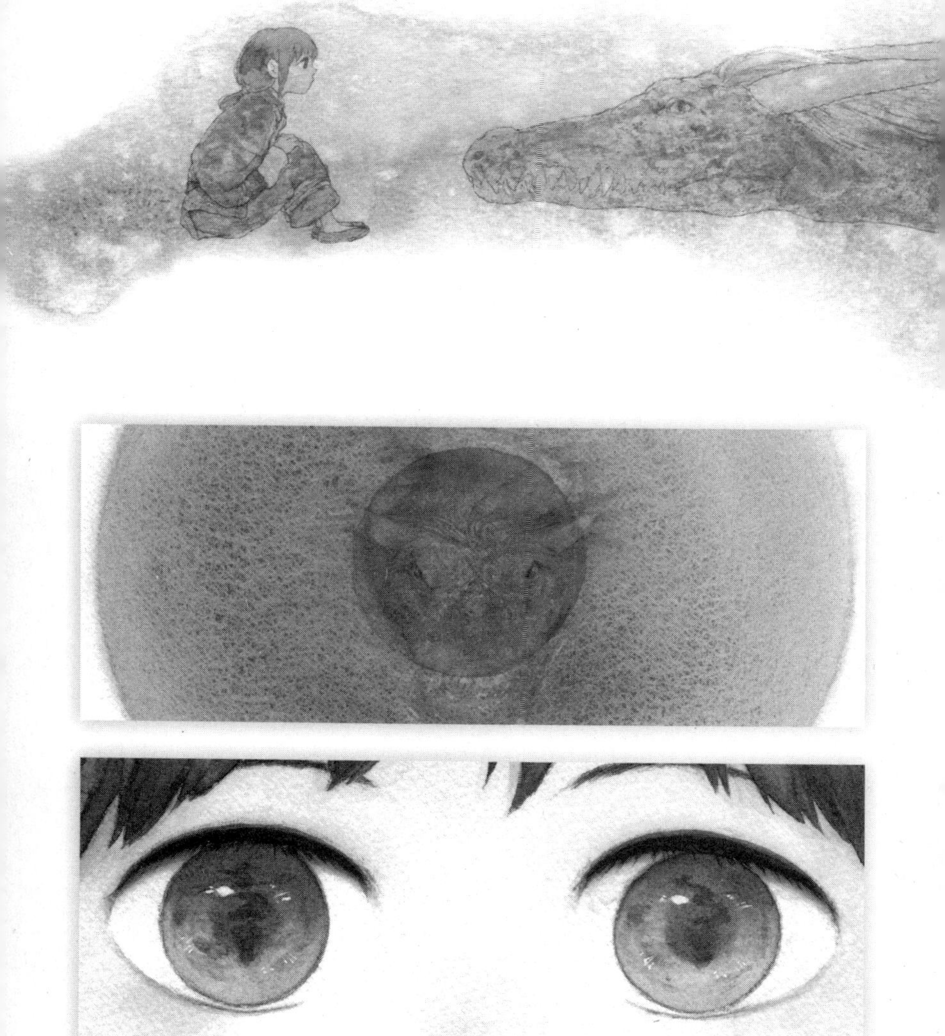

PROLOGUE 1

SIBILANCE DU DEUIL DES TÔDA

ALLEZ MAMAN, DÉPÊCHE-TOI !
C'EST BON. J'ARRIVE.
TIENS ?
EH BIEN, ELIN..
TU VAS ENCORE VOIR LES TÔDA ?
EXACT !
C'EST ÇA QUI TE REND SI HEUREUSE ?
TU ES VRAIMENT UNE ORIGINALE.
ALLEZ, VITE !
FAIS BIEN ATTENTION QUAND MÊME.

AH !
ILS SONT DE SORTIE...
POUR L'ENTRAÎNEMENT.

ダッ
STAC
?!
MAMAN ?
SURTOUT, TU NE BOUGES PAS D'ICI !
STAP
STAP
STAP
QUE...
QU'EST-CE QU'IL SE PASSE ?
?!

GRUUU
WAH!
GRO
!

SKWIM
ズウゥ
STOM

!
HÉ !
TU N'AS RIEN ?!
ザワッ
BLA BLA BLA
QU'EST-CE QU'IL T'A PRIS ? TU AURAIS PU LE BLESSER, BON SANG !
JE...
JE SUIS DÉSOLÉ !
SOF
VOUS N'AVEZ RIEN ?

NON...
ÇA VA.
...
LAISSE DONC CE TÔDA AU REPOS POUR LE RESTE DE LA JOURNÉE.
À VOS ORDRES.

MAMAN !
TAP TAP TAP TAP
ALORS ?
IL N'A RIEN ?
NON, NE T'INQUIÈTE PAS....

J'AI DEMANDÉ QU'ON LE METTE AU REPOS AUJOUR-D'HUI.
AH...
ÇA ME RASSURE !
DANS NOTRE VILLAGE, NOUS ÉLEVONS DES SORTES DE DRAGONS DE COMBAT APPELÉS "TÔDA". IL EST SITUÉ DANS LE GRAND-DUCHÉ D'ARHAN ET IL EST CHARGÉ DE PROTÉGER LA FRONTIÈRE DE NOTRE PAYS, LE ROYAUME DIVIN DE RYOZA.
NOTRE VILLAGE EST PEUPLÉ DE NOMBREUX SOIGNEURS CHARGÉS DE S'OCCUPER DES TÔDA QUI SONT ENVOYÉS EN PREMIÈRE LIGNE LORS DES BATAILLES.
チャプ...
POF

ELIN !
HA!
TU AS BIEN VU DE QUOI ILS ÉTAIENT CAPABLES AUJOURD'HUI, NON ?
ILS SONT TRÈS DANGEREUX.

ÎLS DÉCÈLENT LA PRÉSENCE DE TOUS CEUX QUI S'APPROCHENT IMPRUDEMMENT...
ET ÎLS AVALENT LEUR PROÎE EN UNE SEULE BOUCHÉE.
...
DÉSOLÉE, MAMAN.
L'HABITUDE DE LES VOIR TE FAIT PERDRE LE SENS DES RÉALITÉS.
MÊME POUR LES GUERRIERS OU NOUS AUTRES, LES SOIGNEURS SPÉCIALISÉS EN TÔDA...
CE "SIFFLET SILENCIEUX" EST LA SEULE CHOSE QUI PERMET DE LES TÉTANISER.
CES BÊTES NE SERONT JAMAIS APPRIVOISÉES.
ET EN AUCUN CAS, CELA NE DOIT ARRIVER.

...
DIS-MOI ALORS...
QUAND EST-CE QUE J'AURAI LE DROIT DE LES TOUCHER ?
...
JE N'AI PAS ÉTÉ CLAIRE ?!
MAMAN !
JE TE PROMETS DE NE PAS LES APPROCHER JUSQU'À CE QUE TU M'Y AUTORISES !
JE VEUX JUSTE POU-VOIR UN PEU LES TOUCHER UN JOUR.
...
JE ME SUIS TOU-JOURS DEMANDÉ LA SENSATION QUE ÇA FAISAIT DE CARESSER LEURS ÉCAILLES SI BRILLANTES.
QUAND LA LUMIÈRE SE REFLÈTE SUR ELLES, ON DIRAIT QU'UN ARC-EN-CIEL APPARAÎT.
ÇA M'INTRIGUE TELLEMENT QUE JE N'ARRÊTE PAS D'Y PENSER.

...
JE N'AURAI JAMAIS LE DROIT DE LES TOUCHER ?
NE ME FAIS PAS RÉPÉ...
...
MAMAN ?

TU ES ENCORE UNE ENFANT.
JE NE PEUX RIEN TE PROMETTRE.
MAIS SI TU ES TOUJOURS ATTIRÉE PAR LES TÔDA À TES 15 ANS...
J'Y RÉFLÉCHIRAI À NOUVEAU.
...
...
IL EST TARD, ELIN. RENTRE À LA MAISON.
...
STAP
STAP
STAP

PLISH
PLISH
ガコン
POC
チャプ…
PLISH
PLASH
POC
トプン
DWISH
トプン
DWISH

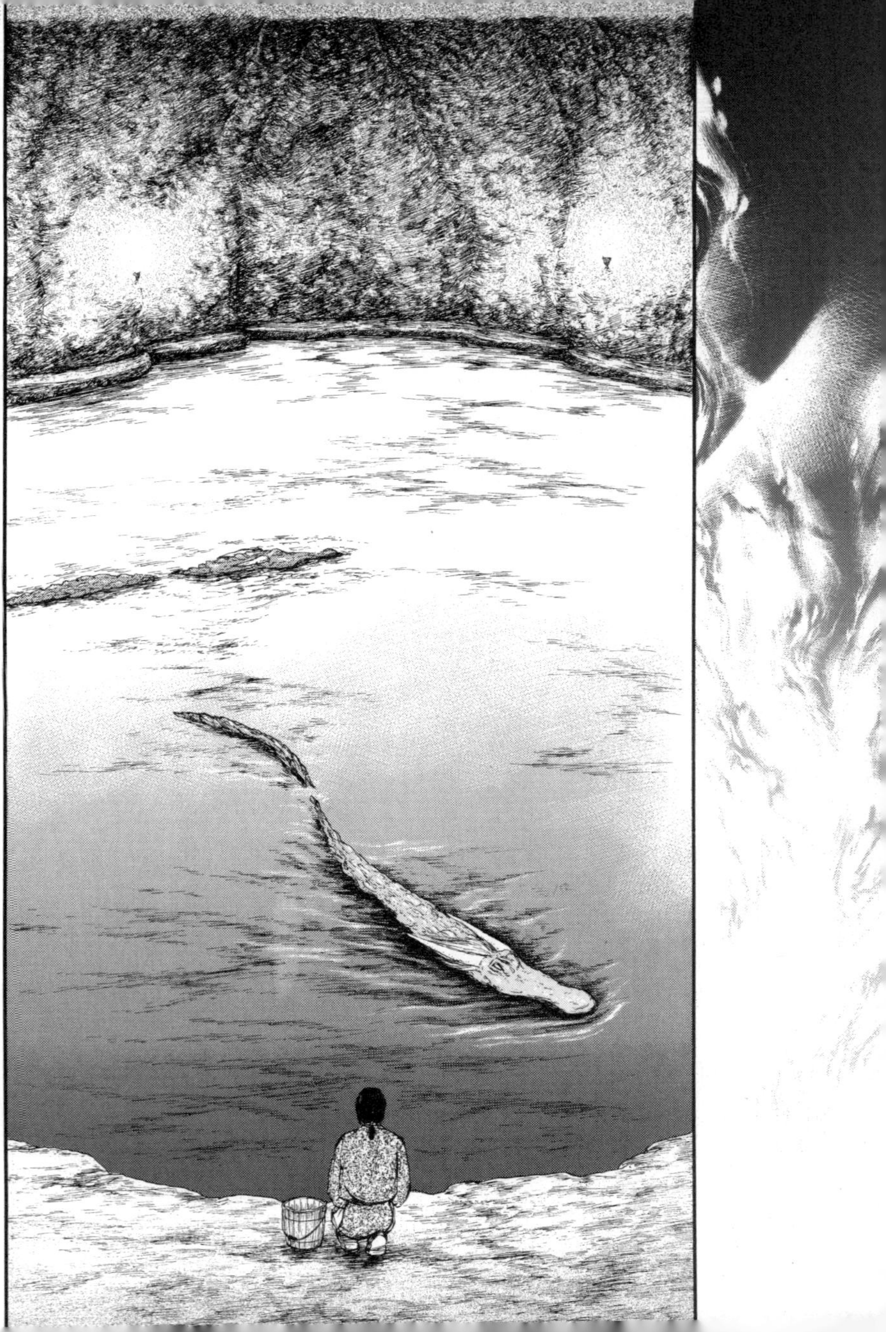

GROOO
TOC
MAMAN...
İL Y A EU UN COUP DE TONNERRE, NON ?

C'ÉTAIT TRÈS LOIN.
LES NUAGES ORAGEUX SONT DE L'AUTRE CÔTÉ DES MONTAGNES. TU N'AS PAS À T'INQUIÉTER. RENDORS-TOI.
TSOF
CETTE ODEUR SUCRÉE... C'EST CELLE DES TÔDA.
HMM
JE ME DEMANDE S'ILS DORMENT AUSSI PENDANT LA NUIT.
ZZZZ

TRIIIIII
...
QUE... ?!
MAMAN !
D'OÙ VIENT CE BRUIT ?!

NE BOUGE PAS D'ICI.
STAC
D'ACCORD, MAIS IL FAUT ARRÊTER ÇA...
TRI...
ON DIRAIT UN CRI STRIDENT.
IL RÉSONNE DANS TOUT LE VILLAGE.
TIENS ? LES AUTRES SOIGNEURS Y VONT AUSSI ?!
ILS SE DIRIGENT VERS LA FALAISE DE L'EST...

LE SIFFLEMENT VIENT DE LA GROTTE OÙ SONT GARDÉS LES TÔDA...
HAA
HAA

...
?
HA!
!
AH !

...
MAM...
!
GRAND-PÈRE ?
GWUP
...
SONT-ILS MORTS ?

PAS UN DES CINQ...
N'A SURVÉCU ?
CHEF !
TAP
TAP
TAP

* Les kiba désignent les tôda utilisés comme avant-garde, les dô, ceux placés en deuxième ligne et les ô sont ceux de l'arrière-garde.

POUR L'INSTANT...
JE N'EN SAIS RIEN.
PENSES-TU QU'ILS ONT ÉTÉ ASPHYXIÉS PAR DES MOUCHES FLUORESCENTES ?
NON.
LEURS ÉCAILLES SONT ENCORE BELLES. LES INSECTES ONT DÛ VENIR ALORS QU'ILS ÉTAIENT DÉJÀ MORTS.
J'IMAGINE QUE TU N'AS PAS OUBLIÉ DE LEUR DONNER DE LA DÉCOCTION FORTIFIANTE ?
QUAND TU ES VENUE LES VOIR PENDANT TA RONDE DE NUIT, RIEN NE T'A PARU SUSPECT ?
...
LES KIBA, LES PLUS FORTS DES TÔDA, SONT MORTS ALORS QUE C'EST TOI QUI EN AVAIS LA CHARGE.
UNE TELLE CHOSE EST CONSIDÉRÉE COMME UN GRAVE CRIME !
TU SERAS INTERROGÉE ET JUGÉE PAR L'INTENDANT...

JE SUIS PRÊTE À ACCEPTER SA SENTENCE.
VRAIMENT, SOYON ?!
FIGURE-TOI QUE TU ME METS DANS LA MÊME POSITION QUE TOI !
JE SUIS LE CHEF DU VILLAGE ET TON BEAU-PÈRE...
IL NE FAIT AUCUN DOUTE QUE L'INTENDANT NE SERA PAS TENDRE AVEC MOI NON PLUS !
ON ME REPROCHERA D'AVOIR CONFIÉ LE TRÉSOR D'ARHAN À UNE VULGAIRE "AHLYO" !

J'AI CHOISI DE RESPECTER LA VOLONTÉ DE MON FILS EN TE NOMMANT À CE POSTE, MALGRÉ LES RÉTICENCES DES AUTRES.
QUAND J'AI VU À QUEL POINT TU EXCELLAIS DANS LA MÉDECINE POUR ANIMAUX...
J'AURAIS PU...
EMPÊCHER CELA... MAIS JE NE L'AI PAS FAIT.
SI TU N'AVAIS PAS ÉTÉ ENCEINTE D'ASSON...
ET S'IL N'AVAIT PAS LAISSÉ CE TESTAMENT, RIEN DE TOUT CELA NE SERAIT ARRIVÉ.
ET VOILÀ...
À QUOI CELA NOUS A MENÉS !
HUF
HUF
POF

MA...
MA-MAN...
NE T'INQUIETE PAS, ELIN.

MAIS...
TU AS ENTENDU GRAND-PÈRE...
LES PAROLES DE TON GRAND-PÈRE T'ONT PEUT-ÊTRE FAIT PEUR...
MAIS TU N'AS PAS À T'EN FAIRE.
À L'ÉPOQUE OÙ SON PÈRE ÉTAIT LE CHEF DU VILLAGE...
TOUS LES KIBA ONT ÉTÉ DÉCIMÉS DANS LES MÊMES CIRCONSTANCES.
CE SONT...
LES PLUS FORTS ET LES PLUS IMPOSANTS DE LEUR RACE.
MAIS...
CE SONT ÉGALEMENT LES PLUS SENSIBLES AUX MALADIES.
TOUT LE MONDE LE SAIT.
...

...
DIS MAMAN...
EST-CE QU'ILS CHANGENT D'ODEUR APRÈS LEUR MORT ?
OU BIEN...
EST-CE PARCE QU'ILS ÉTAIENT MALADES QUE LEUR ODEUR A CHANGÉ ?
?

QU'EST-CE QUI...
TE FAIT DIRE ÇA ?
EUH...
BEN...
ILS NE SENTENT PAS LA MÊME ODEUR QUE D'HABITUDE.
JE ME DISAIS QUE C'ÉTAIT ÇA QUI ATTIRAIT CES INSECTES BIZARRES.
CONTINUE, JE T'ÉCOUTE.
LES VERS FLUORESCENTS SE TROUVENT SOUVENT DANS L'EAU.
MAIS C'EST LA PREMIÈRE FOIS QUE JE VOIS CES INSECTES À AILES DANS UNE GROTTE RÉSERVÉE AUX TÔDA.
JE ME SOUVIENS QU'UNE FOIS...
TU M'AVAIS RACONTÉ QUE LES INSECTES ÉTAIENT ATTIRÉS PAR DIFFÉRENTS TYPES DE FLEURS, SELON LEUR PARFUM.
ALORS, J'AI PENSÉ QUE C'ÉTAIT PEUT-ÊTRE LE CHANGEMENT D'ODEUR DES TÔDA QUI LES ATTIRAIENT.

ELIN...
...
ÉCOUTE-MOI BIEN...
SURTOUT...
NE PARLE DE ÇA À PERSONNE.
POURQUOI ?
...
IL Y A DES GENS QUI IMAGINENT DES TAS DE CHOSES.

CERTAINS POURRAIENT SE MONTRER MÉCHANTS, PENSANT QUE TU RACONTES DES HISTOIRES...
JUSTE POUR PRENDRE MA DÉFENSE.
...
MAIS ENFIN... JE ME MOQUE DE CE QUE LES AUTRES POURRONT DIRE...
PLISH
AH...

MERCI,
ELIN.

ELIN

La charmeuse de bêtes

LES KIBA, LES PLUS FORTS DES TÔDA, SONT MORTS ALORS QUE C'EST TOI QUI EN AVAIS LA CHARGE.
UNE TELLE CHOSE EST CONSIDÉRÉE COMME UN GRAVE CRIME !
J'AI PEUR DE CE QUI POURRAIT ARRIVER...
À MAMAN...
TSUF
SNIF

PROLOGUE 2
LES “AHLYO”

PLISH
...
ON ME REPROCHERA D'AVOIR CONFIÉ LE TRÉSOR D'ARHAN À UNE VULGAIRE "AHLYO" !
UNE AHLYO...
ÇA ME RAPPELLE CE QUE M'A DIT SAJU, UNE FOIS.
?
...
AU FAIT, ELIN...
TES YEUX SONT DE LA MÊME COULEUR QUE CEUX DE TA MÈRE.
DIS-MOI...
EST-CE QUE LES AHLYO ONT TOUS LES YEUX VERTS ?

ÇA VEUT DIRE QUE TU AS AUSSI ÉTÉ PIQUÉE PAR UN DÉMON ?
ON LES APPELLE LES "AKUN MEH CHAI", LES ENFANTS PIQUÉS PAR LE DÉMON.
ET SINON...
TU AS DES POUVOIRS MAGIQUES ?
IL PARAÎT QUE LES GENS DU VILLAGE NE PEUVENT PAS AVOIR D'ENFANT AVEC UN AHLYO, NORMALEMENT.
ET MES GRANDS-PARENTS ÉTAIENT BIEN PLUS FROIDS ENVERS NOUS QUE LA FAMILLE DE SAJU.
C'EST TOUJOURS NOUS QUI VENONS EN DERNIER AUX BAINS PUBLICS.
ON Y VA.
ELIN...
ÇA M'A TOUJOURS TROTTÉ DANS LA TÊTE.
C'EST VRAI QUE...
...
PSSHH
PSSHH

MA MÈRE N'A RIEN DE SEMBLABLE AUX HABITANTS DU VILLAGE.
PHYSIQUEMENT...
ELLE EST LA PLUS GRANDE DE TOUS.
LES TRAITS DE SON VISAGE ET LA COULEUR DE SES YEUX SONT ÉGALEMENT UNIQUES.
JE NE ME RAPPELLE MÊME PLUS QUAND J'AI RÉALISÉ CES DIFFÉ-RENCES.
MA MÈRE SERAIT DONC UNE DESCENDANTE DES AHLYO ?
ET MOI, J'AURAIS ÉTÉ PIQUÉE PAR UN DÉMON ?
CE SERAIT LA RAISON POUR LAQUELLE ON NOUS CONSIDÈRE COMME DES CRIMINELLES ?

GWIP
...
TOUS CES ÉVÈNEMENTS T'ONT FATIGUÉE, N'EST-CE PAS ?
POUR LE DÎNER...
ON MANGERA DU SANGLIER, D'ACCORD ?
AH ?
C'EST VRAI ?
TU ES SÉRIEUSE ?
CE N'EST PAS UN JOUR DE FÊTE, POURTANT.
OUI, JE T'ASSURE.
POUR ÊTRE EN FORME DEMAIN...
IL FAUT BIEN SE REMPLIR LA PANSE, CE SOIR...
POP
POP
GRIP
GRIP

FSHUUU
TU AS FAIM, N'EST-CE PAS ?
LE REPAS SERA BIENTÔT PRÊT.
CRIP CRIP
...
?

MAMAN ?!
...
JE TE DEMANDE PARDON, ELIN...

TOI...
TU ES JUSTE UNE VICTIME DANS TOUT CELA.
?
ÉCOUTE...
JE VAIS ÊTRE FRANCHE...
AVEC TOI.
SI TU SAVAIS COMME CELA ME SOULAGE DE NE PLUS AVOIR...
À PORTER CE SIFFLET SUR MOI.
?!
QUE...
MAIS POURQUOI ?
EH BIEN...
J'AI TOUJOURS DÉTESTÉ M'EN SERVIR.

CELA ME FAISAIT MAL AU CŒUR DE VOIR LES TÔDA SE RAIDIR...
À CHAQUE FOIS QUE JE SOUFFLAIS DEDANS.
TU SAIS, C'EST TRISTE DE VOIR UNE BÊTE MANIPULÉE PAR LES HUMAINS.
DANS LA NATURE, ELLE PEUT DÉCIDER ELLE-MÊME DE SON DESTIN.
C'ÉTAIT DUR DE LES VOIR S'AFFAIBLIR UN PEU PLUS...
JOUR APRÈS JOUR.
COMMENT ÇA SE FAIT QUE LES TÔDA S'AFFAIBLISSENT ?
JE CROYAIS QUE LA DÉCOCTION LES RENDAIT PLUS FORTS, AU CONTRAIRE.
ELLE PERMET EN EFFET DE RENFORCER LEURS CROCS...
ET LEUR CONFÈRE UNE OSSATURE PLUS MASSIVE QUE CELLE DES TÔDA SAUVAGES.
MAIS...
EN CONTREPARTIE, CELA A AUSSI UNE INFLUENCE NÉGATIVE.

HAP
COMMENT ÇA ?
OUBLIE...
CE QUE JE VIENS DE TE DIRE, POUR L'INSTANT.
LES AUTRES SOIGNEURS NE SONT PAS AU COURANT DE CELA.
JE VEUX QUE TU ME PROMETTES DE NE LE DIRE À PERSONNE.
...
D'ACCORD, C'EST PROMIS, MAIS JE VOUDRAIS QUE TU ME DISES...
QUELS SONT LES EFFETS NÉGATIFS DE LA DÉCOCTION.
...
C'EST À TOI DE RÉFLÉCHIR TOUTE SEULE À CELA.
LA VIE DANS LA NATURE LES REND CAPABLES DE CHOSES...
QU'ILS NE PEUVENT PLUS FAIRE LORSQU'ILS SONT ÉLEVÉS DANS UN ÉTANG.
JE SAIS QUE TU ARRIVERAS...
À TROUVER LA RÉPONSE SANS MON AIDE.
TSAF

MAIS...
SURTOUT, QUAND TU Y SERAS PARVENUE, N'EN DIS PAS UN MOT AUTOUR DE TOI.
ENFIN, IL EST PRIMORDIAL QUE TU COMPRENNES...
POURQUOI IL FAUT GARDER LE SECRET...
AVANT DE DÉCIDER D'EN PARLER À QUELQU'UN.
BIEN...
SORTONS LA VIANDE DE LA JARRE.
OOOOH !
ALORS, C'EST BON ?

LES FEUILLES DE LACOS NE TOMBENT PAS PENDANT L'HIVER.
ON S'EN SERT BEAUCOUP DANS LES MONTAGNES.
CONTRAI-REMENT À LA CUISSON BOUILLIE, ELLES PERMETTENT...
D'ÉLIMINER LE GOÛT TROP FORT DE LA VIANDE ET LUI DONNE MÊME UN PARFUM AGRÉABLE.
POC
GNN
MAMAN...
JE ME DEMAN-DAIS UNE CHOSE...
QUAND TU ÉTAIS PETITE...
EST-CE QUE TU HABITAIS AILLEURS ?
...
BOBOM
MAIN-TENANT QUE J'Y PENSE...
BOBOM
BOBOM
FIUH

JE NE T'AI JAMAIS PARLÉ DE CELA, EN EFFET.
TU CROYAIS QUE TU N'AVAIS PAS LE DROIT DE SAVOIR, PEUT-ÊTRE ?
TSAF
APRÈS TOUT, TU ES EN ÂGE DE COMPRENDRE, MAINTENANT.
JE VAIS PROFITER DE CE MOMENT POUR TE PARLER DE TON PÈRE ET DE MOI.
ALORS...
COMMENÇONS PAR CE QU'IL S'EST PASSÉ TOUT À L'HEURE.
JE PENSE QUE TU AS ENTENDU QUAND TON GRAND-PÈRE M'A APPELÉE "AHLYO".
OUI.

LES HABITANTS DU VILLAGE...
PENSENT QU'IL S'AGIT DE GENS DE GRANDE TAILLE APPARAISSANT ET DISPARAISSANT DANS LA BRUME.
ON RACONTE QU'ILS VENDENT DES POTIONS MIRACULEUSES CONTRE LES MALADIES...
ET QU'ILS POSSÈDENT UN GRAND SAVOIR EN MÉDECINE.
D'UN AUTRE CÔTÉ, ON DIT ÉGALEMENT D'EUX...
QU'ILS VOUENT UN CULTE À DES DIVINITÉS ÉTRANGES ET QU'ILS ONT UN CÔTÉ UN PEU SINISTRE.
C'EST ÉGALEMENT TON AVIS ?
ILS ONT TENU À CONSERVER LEURS US ET COUTUMES DEPUIS TOUJOURS.
VU DE L'EXTÉRIEUR, IL EST DONC NORMAL DE LES CONSIDÉRER AINSI.
MAIS SACHE...
QUE L'APPELLATION "AHLYO"...
EST NÉE D'UNE CONFUSION.

"AH" SIGNIFIE "BRUME" ET "LYO" LE "PEUPLE", CELA CORRESPONDAIT À L'IMAGE QUE LES GENS AVAIENT DE NOUS, ILS EN SONT DONC VENUS À NOUS APPELER AINSI.
MAIS À L'ORIGINE, LEUR NOM EST "AO-LOH".
"AO" SIGNIFIE "SERMENT" ET "LOH", "GARDIEN" OU "PROTEC-TEUR".
QUEL SERMENT ?
LE SERMENT DE NE PAS REFAIRE L'ER-REUR QUI A ÉTÉ COM-MISE...
IL Y A TRÈS LONGTEMPS.
MA MÈRE M'A TOUJOURS DIT QUE CE SERMENT ÉTAIT PLUS IMPORTANT QUE SA PROPRE VIE...
OU SA FAMILLE.
ET C'ÉTAIT QUOI, L'ERREUR ?
...
QUELQUE CHOSE DE TERRIBLE...
QUI A FAILLI ENTRAÎNER L'EXTINCTION DES HOMMES ET DES ANIMAUX.
...

AFIN QU'UNE TELLE TRAGÉDIE NE SE REPRODUISE PLUS...
MES ANCÊTRES ONT DÉCIDÉ DE NE SERVIR NI ARHAN NI YOJEH...
ET DE MENER UNE VIE DE NOMADE À TRAVERS LES PLAINES ET LES MONTAGNES.
TOUS LES GENS DE MON PEUPLE REÇOIVENT UN ENSEIGNEMENT DÈS LEUR NAISSANCE...
DANS LEQUEL ON LEUR APPREND À SUIVRE RIGOUREUSEMENT LES RÈGLES.
ET C'EST AINSI QUE DE NOMBREUSES GÉNÉRATIONS ONT VÉCU.
LES RÈGLES À SUIVRE SONT LES SUIVANTES...
INTERDICTION DE SE MARIER AVEC QUELQU'UN DE L'EXTÉRIEUR...
ET DE SE SÉDENTARISER.
MAIS VOILÀ, J'AI BRISÉ CES RÈGLES.
J'AI RENCONTRÉ TON PÈRE...
ET JE ME SUIS INSTALLÉE DANS CE VILLAGE.
DEPUIS CE JOUR, JE NE SUIS PLUS UNE AO-LOH.
...

C'EST UN PEU DIFFICILE À COMPRENDRE POUR TOI ?
UN PEU, OUI.
MH...
QUAND TU SERAS ADULTE, ESSAIE DE TE RAPPELER CE QUE JE VIENS DE TE DIRE.
TU VERRAS QUE TOUT DEVIENDRA CLAIR.
...
ELIN, VIENS DONC...
POF POF

J'AI VU TON PÈRE POUR LA PREMIÈRE FOIS...
DANS LES ROCHERS DE SAMOCK.
ALORS QUE JE CHERCHAIS DES FLEURS MÉDICINALES APPELÉES "CHACHIMO"...
J'AI TROUVÉ UN JEUNE HOMME ÉTENDU PAR TERRE DANS UN ESCARPEMENT AU MILIEU DE LA FALAISE.
C'ÉTAIT PAPA ?
EXACT.
IL ÉTAIT PARTI CHASSER LE CERF ET AVAIT GLISSÉ.
IL ÉTAIT BLESSÉ, ALORS ?
EN EFFET.
IL S'ÉTAIT VIOLEMMENT COGNÉ LA TÊTE...
ET AVAIT LA JAMBE CASSÉE.
ET TU L'AS SAUVÉ !
EH OUI.
C'EST COMME ÇA QU'ON S'EST RENCONTRÉS.

IL S'APPELAIT ASSON.
C'ÉTAIT QUELQU'UN D'EXTRÊMEMENT GENTIL.
IL ÉTAIT PLUTÔT TACITURNE, MAIS AVAIT UN SOURIRE MAGIQUE.
ON AURAIT DIT UN RAYON DE SOLEIL PERÇANT LES NUAGES.
ELIN...
TU ES COMME TON PÈRE...
T'AVOIR À MES CÔTÉS SUFFIT À RÉCHAUFFER MON CŒUR.

CLING
BOOM BOOM
BOOM BOOM
CLING
CLING
CLING
TSAF
HUU
EST-CE VRAI QUE VOUS AVEZ LAISSÉ MOURIR LES DIX KIBA...
LE TRÉSOR DE NOTRE GRAND-DUCHÉ ?

C'EST EXACT.
LES MOTS ME MANQUENT POUR VOUS FAIRE MES EXCUSES.
GRR
...
QUE CELUI QUI ÉTAIT CHARGÉ DE VEILLER SUR EUX...
SE MONTRE IMMÉDIATEMENT !
HA !
C'EST MOI.
!
COMMENT ?!
UNE AHLYO ?!

DITES-MOI QUE JE RÊVE !
VOUS AVEZ CONFIÉ LE BIJOU DE NOTRE TERRITOIRE À UNE FEMME DE CE PEUPLE ?!
NOUS VOUS FAISONS NOS PLUS PLATES EXCUSES...
IL SE TROUVE...
QUE CETTE PERSONNE ÉTAIT LA PLUS COMPÉTENTE DE NOS...
SLAP
...
FSHH
LA PLUS COMPÉTENTE, VOUS DITES ?
CELA NE M'ÉTONNE PAS.
QUI SAIT CE DONT ILS SONT CAPABLES AVEC LEURS PRATIQUES BIZARRES.
LÀ N'EST PAS LA QUESTION !
LES CONNAISSANCES EN MÉDECINE ANIMALE NE FONT PAS TOUT !
CE QUI COMPTE LE PLUS...
EST UNE LOYAUTÉ INÉBRANLABLE POUR ARHAN.
VOUS QUI ÊTES LE CHEF DU VILLAGE, VOUS DEVRIEZ ÊTRE AU FAIT DE CELA !

SAUF VOTRE RESPECT...
ELLE HABITE DANS NOTRE VILLAGE DEPUIS SON MARIAGE AVEC MON FILS, IL Y A PLUS DE DIX ANS.
DEPUIS, ELLE N'OBÉIT PLUS AUX RÈGLES DES AHLYO ET A JURÉ FIDÉLITÉ AU GRAND-DUCHÉ.
TSS...
RIEN N'EST MOINS SÛR !
ON RACONTE QUE POUR LES AHLYO, LEURS RÈGLES SONT PLUS IMPORTANTES QUE TOUT AU MONDE...
À TEL POINT QU'ILS TUERAIENT LEUR PROPRE ENFANT PLUTÔT QUE D'Y DÉROGER.
LES SEULS TÔDA QUI SONT MORTS SONT CEUX QUE L'ON T'AVAIT CONFIÉS.
SI TU ES SI DOUÉE QU'ON LE DIT, TU DOIS BIEN SAVOIR LE MAL QUI LES A FRAPPÉS.
JE T'ÉCOUTE !

MERCI DE ME LAISSER M'EXPRIMER.
FSHH
LES KIBA SONT MORTS D'INTOXICATION.
UNE INTOXICATION ?
QU'EST-CE QUE CELA SIGNIFIE ?!
TU LEUR AS FAIT AVALER DU POISON ?
NON.
LES SOIGNEURS SPÉCIALISÉS EN TÔDA...
SAVENT TOUS QUE LES COMPOSANTS DE LA DÉCOCTION FORTIFIANTE SONT PUISSANTS.
LEUR MUCUS A UN EFFET PROTECTEUR QUI PERMET AUX TÔDA D'ABSORBER UNIQUEMENT CE QUI N'EST PAS DANGEREUX POUR LEUR SANTÉ...
ET D'ÉVITER D'EN SUBIR LES MAUVAIS EFFETS.
HIER MATIN, J'AI REMARQUÉ UNE BAISSE DE SÉCRÉTION DE MUCUS SUR CERTAINES PARTIES DE LEUR CORPS.
MAIS, PENDANT MA RONDE DE MINUIT, TOUT ÉTAIT REVENU À LA NORMALE. JE LEUR AI DONC DONNÉ LA DÉCOCTION, COMME D'HABITUDE.

TU ES EN TRAIN DE ME DIRE QUE LA QUANTITÉ DE MUCUS A CHANGÉ EN SEULEMENT QUELQUES HEURES ?
EX-PLIQUE-MOI POURQUOI.
JE N'EN SAIS RIEN.
EMPAREZ-VOUS D'ELLE !
ELLE SERA INTERROGÉE ET CONDAMNÉE !

MAMAN !
TCHOP
!
ELIN, TU DOIS RESTER ICI.
!

DANS MA TÊTE, C'ÉTAIT QUASIMENT LE TROU NOIR...
PENDANT LES TROIS JOURS QUI ONT SUIVI.

TOUT ME SEMBLE SI LOIN.
JE NE RÉALISE PAS CE QU'IL S'EST PASSÉ.
QUE...
TU DIS QU'ELLE VA SUBIR LE "JUGEMENT DES TÔDA", DEMAIN À L'AUBE ?!
HA !
CHUT ! TU PARLES TROP FORT !
IMAGINE LA RÉACTION DE LA PETITE, QUAND ELLE SE SERA RÉVEILLÉE !
IL VA TROP LOIN, LÀ.
IL N'AVAIT PAS BESOIN DE LUI INFLIGER UNE PEINE SI CRUELLE.
...
...
PSSHH
PSSHH
...

EN EFFET...
JE SUIS D'ACCORD AVEC TOI.
AVEC LA MORT INEXPLIQUÉE DE TOUS LES KIBA...
L'INTENDANT SERA SANCTIONNÉ PAR LE GRAND-DUC.
J'IMAGINE QUE C'EST POUR CELA QU'IL A DÉCIDÉ DE METTRE TOUTE LA FAUTE SUR SOYON.
MAIS IL FAUT VRAIMENT ÊTRE CRUEL...
POUR LA DONNER EN PÂTURE À DES TÔDA SAUVAGES...

ELIN

La charmeuse de bêtes

CLAP
HAA
BOBOM
BOBOM
HAA
TAP TAP TAP TAP
HAA
POUR LA DONNER EN PÂTURE À DES TÔDA SAUVAGES...
MAIS IL FAUT VRAIMENT ÊTRE CRUEL...
BOBOM
HAA
STAC
BOBOM
JE DOIS FAIRE VITE...
AVANT QU'ELLE NE SE FASSE DÉVORER.
POC
PEU IMPORTE. CE QUI COMPTE, C'EST QU'IL PEUT COUPER LES ÉCAILLES DES TÔDA.
AVEC ÇA, J'AI UNE CHANCE DE LA SAUVER !
GWU
C'EST LOURD...

PROLOGUE 3

LE DERNIER GESTE D'UNE MÈRE

TSAF
TSAF
TSAF
TSAF
!
VLAF
...
GWU
MAMAN...

QUAND J'AURAI SAUVÉ MA MÈRE...
ON N'AURA QU'À QUITTER LE VILLAGE ET VIVRE COMME DES NOMADES.
JE SUIS SÛRE QUE TOUT IRA BIEN POUR NOUS.
C'EST LE STYLE DE VIE QU'ELLE MENAIT, QUAND ELLE ÉTAIT PETITE. ELLE SAIT COMMENT S'Y PRENDRE.
BOM
FRISH
FRISH
FRISH
FLAP
FLAP
FLAP
BOM
BOM
UN BRUIT DE TAMBOUR ?
MA MÈRE DOIT ÊTRE LÀ-BAS !
BOM

!
MAMAN !
POF
OH NON !
C'EST TERRIBLE !
HORS DE QUESTION QUE JE LA LAISSE SE FAIRE TUER !

BOM
Huu
...
Huu
ALLEZ, FINISSONS-EN.
GWI
...
PLOUF

PFF...
C'EST ENFIN RÉGLÉ.
HÉ...
REGARDEZ...
LÀ-BAS...
C'EST UN CHIOT ?
NON...
OH ?
C'EST...
UNE ENFANT !
ELLE TIENT QUELQUE CHOSE DANS LA BOUCHE.
...
ON DIRAIT UN COUTEAU.
ELLE VEUT SAUVER LA FEMME ?
DOIS-JE LUI TIRER DESSUS ?
CE NE SERA PAS NÉCESSAIRE. REGARDEZ...
UN PEU PLUS LOIN...

LES TÔDA ONT ÉTÉ RÉVEILLÉS PAR LE BRUIT DU TAMBOUR.
ET ILS SEMBLENT AVOIR REMARQUÉ QU'UN REPAS TOUT CHAUD LES ATTEND.
HAA
HUU
ゴフッ KORF
HAA
AAH...
ゴポ GLUP
!

PWAH !
HAA
HAA
HAA
...
HUU
HUU
JE SENS QUE MES FORCES ME QUITTENT À CAUSE DE MA BLESSURE...
IL EST...
TROP TARD...

?
!
ELIN ?!
ELIN !
HAA
QU'EST-CE QU'ELLE A DANS LA BOUCHE ?
UN POI-GNARD !
ELIN !

HAAA
ELIN !
VIENS VITE T'AGRIPPER À MOI !
APPUIE-TOI SUR MON ÉPAULE !
DES TÔDA ?!

HAA
MA...
MA...
MAN...
HAA
HAA
TES MAINS...
JE VAIS COUPER LA CORDE...
BLOUP
SCRISH
SCRISH
PLASH
ELIN !
HAA...
PFUH
HAA...
MA CHÉRIE...
MERCI !

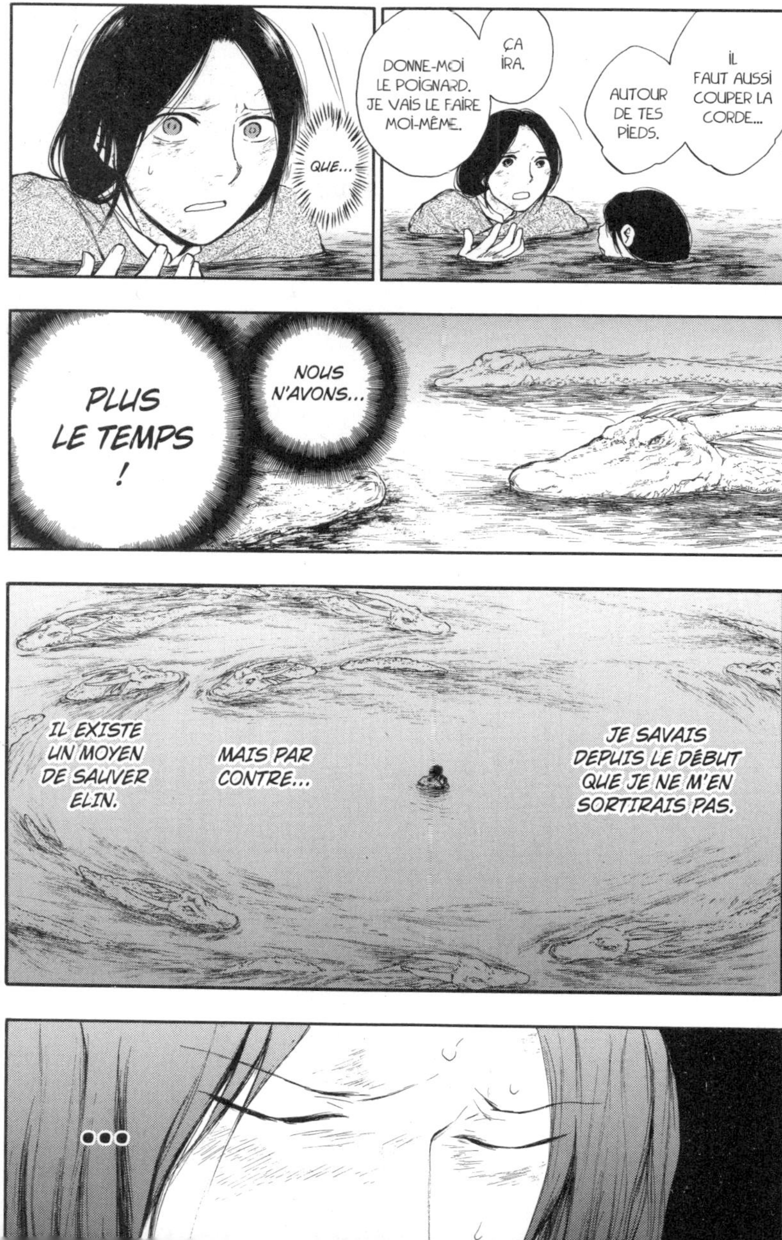
ÎL FAUT AUSSI COUPER LA CORDE...
AUTOUR DE TES PIEDS.
ÇA IRA.
DONNE-MOI LE POIGNARD. JE VAIS LE FAIRE MOI-MÊME.
QUE...
NOUS N'AVONS...
PLUS LE TEMPS !
JE SAVAIS DEPUIS LE DÉBUT QUE JE NE M'EN SORTIRAIS PAS.
MAIS PAR CONTRE...
IL EXISTE UN MOYEN DE SAUVER ELIN.
...

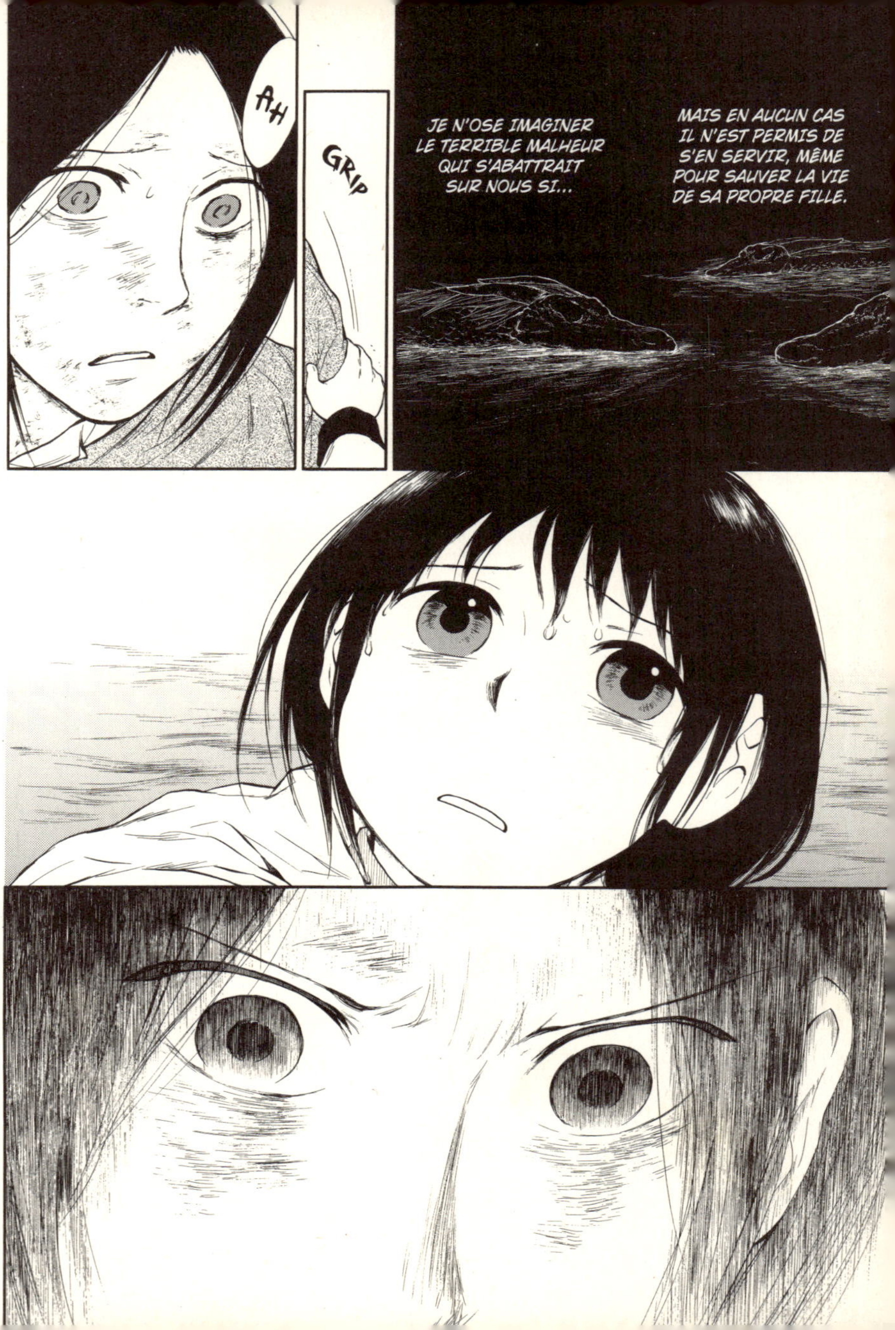
JE N'OSE IMAGINER LE TERRIBLE MALHEUR QUI S'ABATTRAIT SUR NOUS SI...
MAIS EN AUCUN CAS IL N'EST PERMIS DE S'EN SERVIR, MÊME POUR SAUVER LA VIE DE SA PROPRE FILLE.
GRIP
AH

GRIP
ELIN...
SURTOUT, N'IMITE JAMAIS CE QUE JE VAIS FAIRE.
C'EST UN CRIME TRÈS GRAVE.
TOUT CE QUE JE TE DEMANDE, C'EST DE NE PAS MOURIR ET DE VIVRE HEUREUSE.

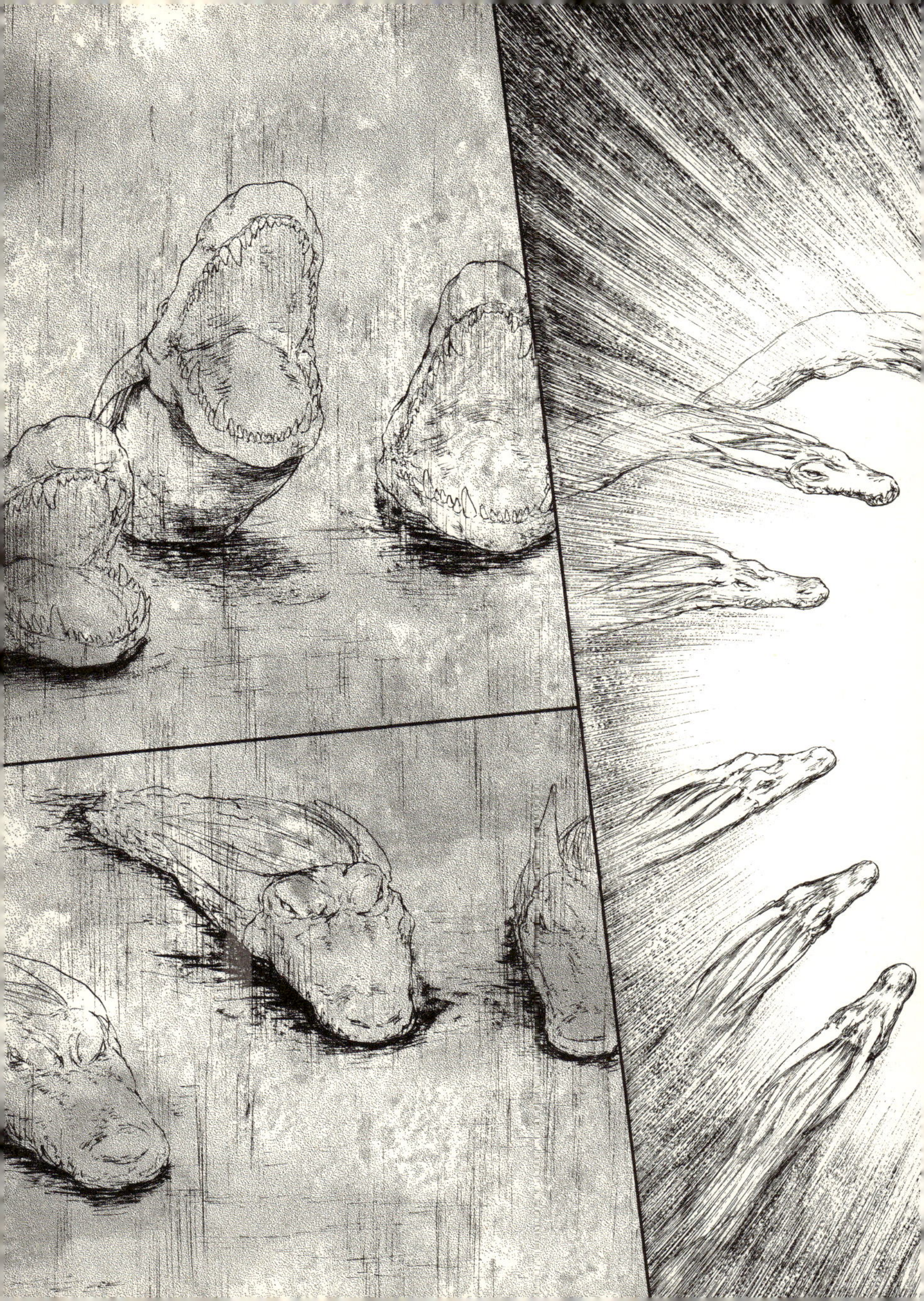

QUE...
QU'EST-ELLE EN TRAIN DE FAIRE ?!
JE N'EN SAIS RIEN.
ELLE SEMBLE UTILISER SES DOIGTS POUR SIFFLER.
...
ELLE A STOPPÉ LES TÔDA EN UN INSTANT.
SIFFLER AVEC SES DOIGTS SUFFIRAIT À CONTRÔLER LES TÔDA ?
C'EST...
C'EST IMPOSSIBLE...
MÊME LE SIFFLET SILENCIEUX EST SANS EFFET SUR LES TÔDA SAUVAGES.

TWI
FLOSH
KYAA-AAAH!
!
ELIN!
TU VAS SAISIR LES CORNES DE CE TÔDA...
ET MONTER SUR SON DOS!

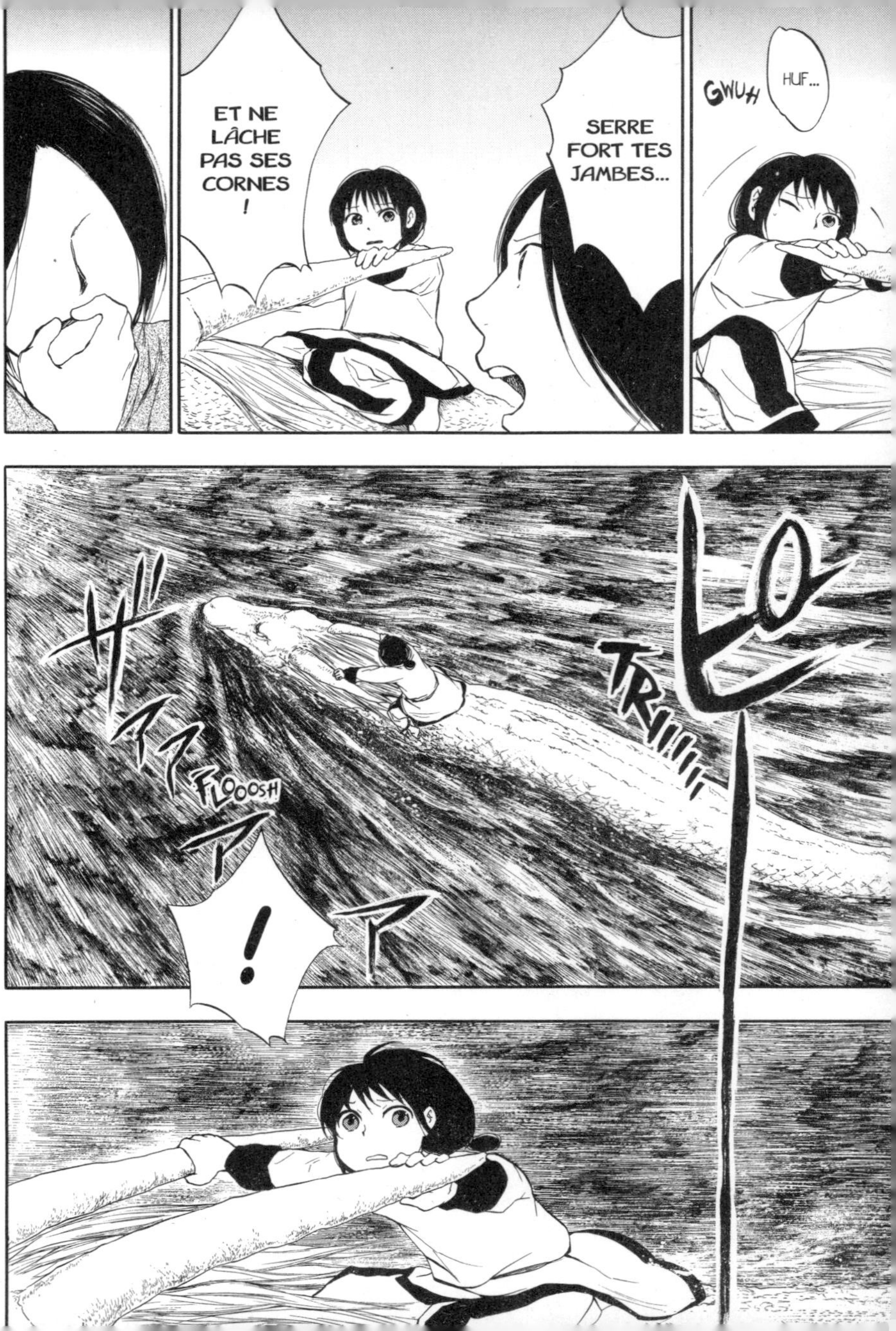
HUF...
GWUH
SERRE FORT TES JAMBES...
ET NE LÂCHE PAS SES CORNES !
TRIIIII
FLOOOSH
!

MAIS...
ET TOI, MAMAN ?!
FONCE !
NE TE RETOURNE PAS !
ALLEZ !
MAMAN !
MAMAN !

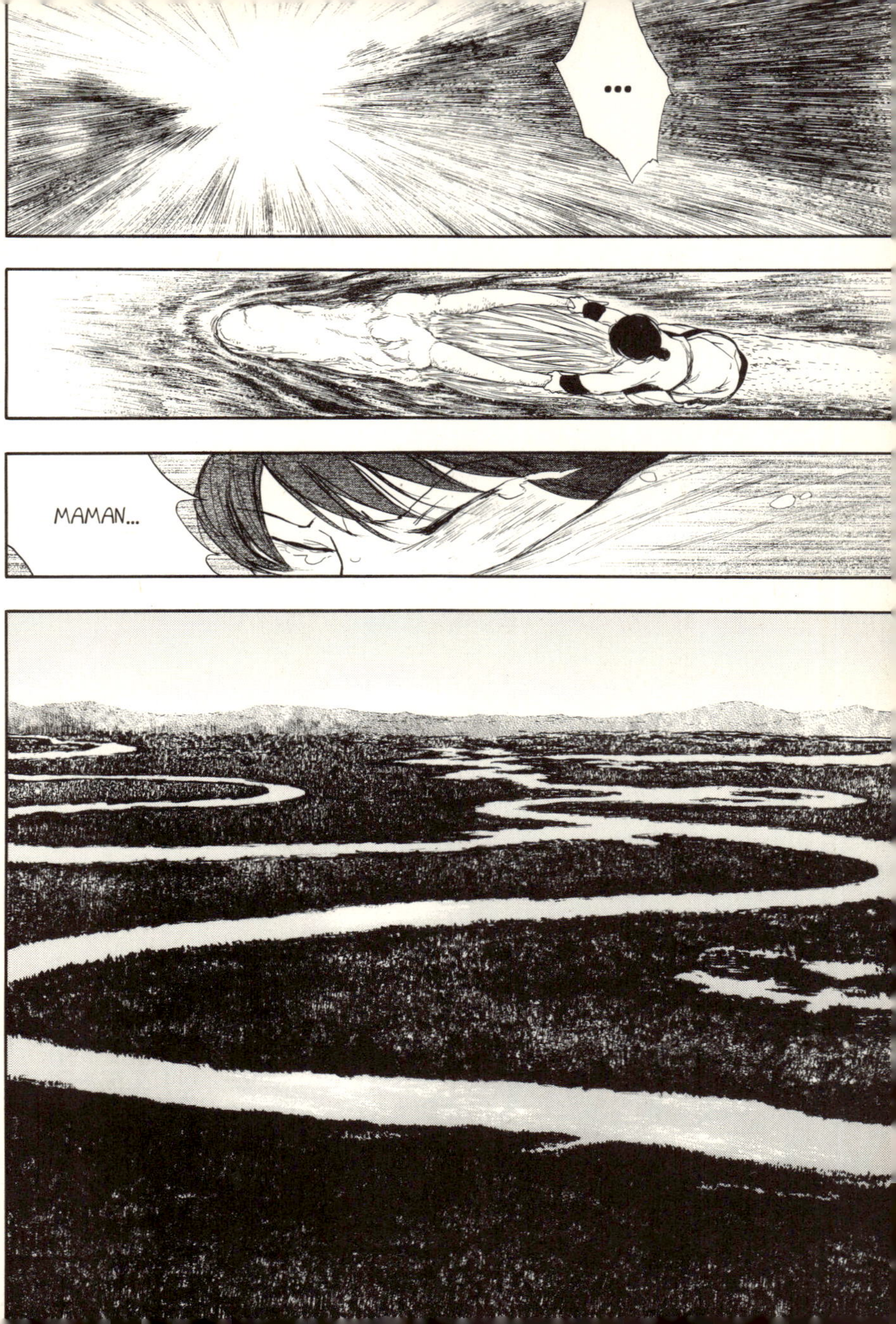
...
MAMAN...

ELIN

La charmeuse de bêtes

TCHIF
TCHIF
CRIC
TCHIF
TCHIF
TCHIF
TCHIF
TCHIF
TCHIF
TCHIF
TCHIF
TCHIF
TCHIF
TCHIF
TCHIF
TCHIF
TCHIF
TCHIF
TCHIF

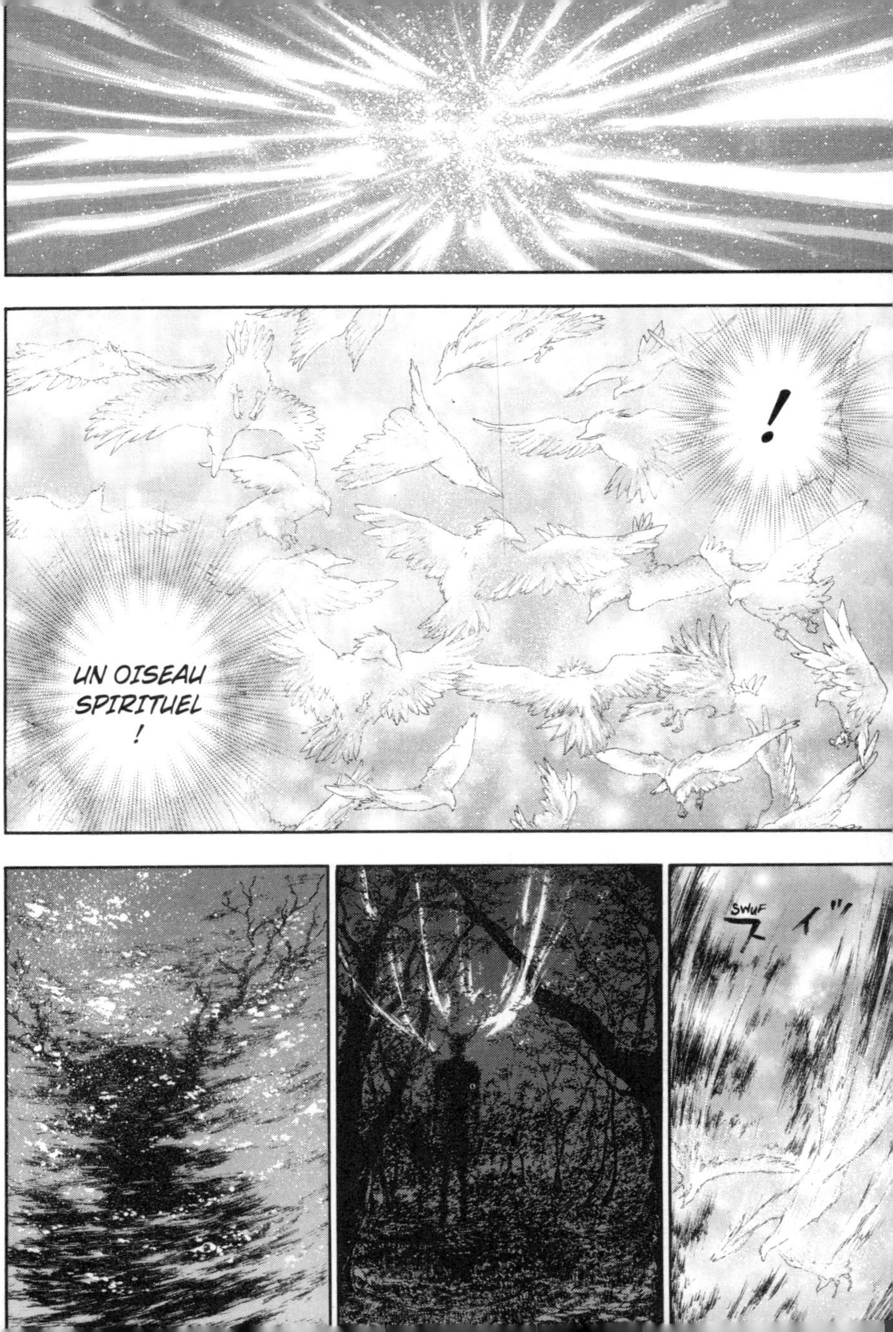
!
UN OISEAU SPIRITUEL !
SWUF

PROLOGUE 4

MESSAGE D'UNE BÊTE SPIRITUELLE

...
...
TCHIF
TCHIF
TCHIF
TCHIF
TCHIF
TCHIF
TCHIF
TCHIF
TCHIF
TCHIF
TCHIF

TCHF
TCHF
パァ…
WUU…
…
HOU HOU
HOU HOU
…
…
PSHH
PSHH
TAP
TAP

FLAP
HAA
HAA
PIOUUUU

FLAP
FLAP
FLAP
TSAF
QUE S'EST-IL PASSÉ ?

J'AI...
J'AI VU UN OISEAU SPIRI-TUEL.
IL M'A PARLÉ APRÈS S'ÊTRE LOGÉ...
DANS UNE BÊTE À CORNES.
!
OOOOOH
INCROYABLE...
IL EN RESTERAIT ENCORE DANS CETTE FORÊT ?
JE CROYAIS QU'ELLES AVAIENT TOUTES DISPARU.
FIXE
ET...
QUE T'A-T-ELLE RACONTÉ ?

JE NE PEUX VOUS RÉPONDRE AVEC CERTITUDE, ÉTANT DONNÉ MON MANQUE D'EXPÉRIENCE, MAIS VOICI LES MOTS QUE J'AI COMPRIS.
"QUELQU'UN S'EST SERVI D'UNE TECHNIQUE DE MANIPULATION."
"CETTE PERSONNE A SIFFLÉ AVEC SES DOIGTS POUR CONTRÔLER...
DES TÔDA."
!
OOOOOH
C'EST TOUT CE QUE TU AS ENTENDU ?
OUI...
C'EST TOUT.
JE DÉCLARE LA TENUE IMMÉDIATE D'UNE RÉUNION DES ANCIENS.
NOUS VOUS COMMUNIQUERONS CE QUI AURA ÉTÉ DÉCIDÉ PAR LA SUITE.
POUR L'INSTANT, JE VOUS DEMANDE DE RETOURNER DANS VOTRE CAVERNE.

L'IDENTITÉ DE LA PERSONNE AYANT SIFFLÉ...
NE FAIT QUASIMENT AUCUN DOUTE.
SOYON A DONC BRISÉ LE SERMENT.
JE SUIS SINCÈREMENT DÉSOLÉE.
TSAF
C'EST MOI QUI AI ÉLEVÉ MA FILLE, C'EST DONC À MOI...
QUE REVIENT LA RESPONSABILITÉ DE CET ACTE.
SOYON...
ELLE ÉTAIT INTELLIGENTE, AGRÉABLE...
ET POSSÉDAIT UNE GRANDE FORCE D'ESPRIT.
JE N'AURAIS JAMAIS CRU QU'ELLE PUISSE FAIRE UNE TELLE CHOSE.

POUR COMMENCER, IL FAUDRAIT ALLER SUR PLACE...
POUR VOIR CE QU'IL S'EST PASSÉ.
EN EFFET.
FAITES ENTRER L'ÉCLAIREUR.
LE TEMPS JOUE CONTRE NOUS.
SI SOYON ...
A CONTRÔLÉ DES TÔDA SOUS LES YEUX D'AUTRES PERSONNES...
CETTE INFORMATION ARRIVERA TÔT OU TARD AUX OREILLES DU GRAND-DUC.
IL SERA ALORS PRÊT À TOUT...
POUR SAVOIR COMMENT NOUS NOUS Y PRENONS.
DANS UN PREMIER TEMPS...
IL FAUT QUE TOUS LES MEMBRES DE NOTRE TRIBU SE CALFEUTRENT...
ET RESTENT EN ALERTE JUSQU'À CE QUE NOUS EN SACHIONS PLUS.
PERSONNE NE DOIT SE RENDRE DANS LES VILLAGES.

FRASH
!
SOYON...
A ÉTÉ EXÉCUTÉE...
N'EST-CE PAS ?

L'INTENDANT A ACCUSÉ SOYON D'AVOIR TUÉ INTENTIONNELLEMENT LES TÔDA.
SELON LES DIRES, SA MORT A ÉTÉ CRUELLE.
CELA DIT...
APRÈS AVOIR INSPECTÉ LES CORPS DES TÔDA, J'AI EFFECTIVEMENT REMARQUÉ UN CHANGEMENT AU NIVEAU DE LEUR MUCUS.
IL SEMBLE QU'ILS ÉTAIENT EN PÉRIODE DE REPRODUCTION.
IL POURRAIT NE PAS AVOIR TORT.
LA DÉCOCTION FORTIFIANTE DEVIENT UN POISON POUR LES KIBA, LORSQUE LEUR MUCUS SE MODIFIE.
SOYON NE PEUT PAS ÊTRE PASSÉE À CÔTÉ DE CELA.
SOYON LEUR EN A DONNÉ EN CONNAISSANCE DE CAUSE.
!
OH...
...

C'EST LA PREUVE...
QU'ELLE A TÂCHÉ DE PROTÉGER LE SERMENT.
NOTRE TRIBU ÉTAIT TOUJOURS PRÉSENTE DANS SON CŒUR.
BIEN QU'ELLE FÛT CONSCIENTE DU RISQUE DE SE FAIRE EXÉCUTER...
ELLE A FAIT LE CHOIX DE DÉCIMER LES TÔDA, AFIN QUE NOTRE SECRET NE SOIT PAS DÉVOILÉ.
MAIS VOILÀ...
ET AU DERNIER MOMENT, ELLE A LAISSÉ PARLER SES SENTIMENTS.
ELLE N'A PAS DÛ SUPPORTER QUE SA FILLE...
FINISSE DÉCHIQUETÉE.

...
À CE PROPOS...
QU'EST-IL ADVENU DE LA PETITE ?
J'AI ENVOYÉ NASON À SA RECHERCHE.
MALHEUREUSEMENT, AU VU DE LA COMPLEXITÉ DU RÉSEAU FLUVIAL DANS CETTE ZONE...
LES CHANCES DE LA RETROUVER SONT PLUS QUE MINCES.
ELLE A À PEINE 10 ANS.
IL EST DIFFICILE D'IMAGINER QU'ELLE AIT PU RESTER AGRIPPÉE LONGTEMPS AU DOS D'UN TÔDA.
LEUR DESTIN EST VRAIMENT TRISTE...
LE SEUL POINT POSITIF DANS TOUT CELA EST QUE L'INTENDANT EST UN PLEUTRE.
QU'ENTENDS-TU PAR LÀ ?
SELON LA RUMEUR CIRCULANT PARMI LES VILLAGEOIS, IL AURAIT FORMELLEMENT INTERDIT DE RACONTER À L'EXTÉRIEUR...
QUE SOYON ÉTAIT UNE DESCENDANTE DES AHLYO.

OUF...
JE VOIS.
TU AS BIEN REMPLI TA MISSION.
CONTINUE D'AVOIR L'ŒIL SUR L'INTENDANT ET SON ENTOU-RAGE.
IL NE FAUT EN AUCUN CAS BRISER LE SERMENT...
ET ENGENDRER LE MALHEUR...
DANS CE MONDE EN USANT DE NOTRE SAVOIR, QUELLE QU'EN SOIT LA RAISON.
MÊME SI LE GRAND-DUC N'APPREND FINALEMENT PAS CE QU'IL S'EST PASSÉ...
NOTRE PRÉSENCE RISQUERAIT D'ÉVEILLER DES RUMEURS. ET NOUS NE POUVONS PAS NOUS LE PER-METTRE.
IL EST PRÉFÉRABLE DE QUITTER CE TERRITOIRE ET NOUS CACHER QUELQUE PART, LOIN DANS DES MONTAGNES.

C'EST LE MIEUX QUE NOUS PUISSIONS FAIRE...
JUSQU'À CE QUE L'AFFAIRE SE TASSE.

サアア
FSHOOO
CETTE ANNÉE S'ANNONCE BONNE.
JE SENS QUE LA QUALITÉ ET LA QUANTITÉ SERONT AU RENDEZ-VOUS.
?
...
TIENS ?
QU'EST-CE QUE...

HA!
...
ELLE EST...
MORTE...
LE GENRE DE DÉCOUVERTE QUI TE DONNE UN COUP DE MASSUE LE MATIN...
GRAT
JE NE VAIS QUAND MÊME PAS LA LAISSER LÀ...
!
QUE... ? CETTE FORTE ODEUR SUCRÉE SI DISTINCTE...
UN TÔDA ?!

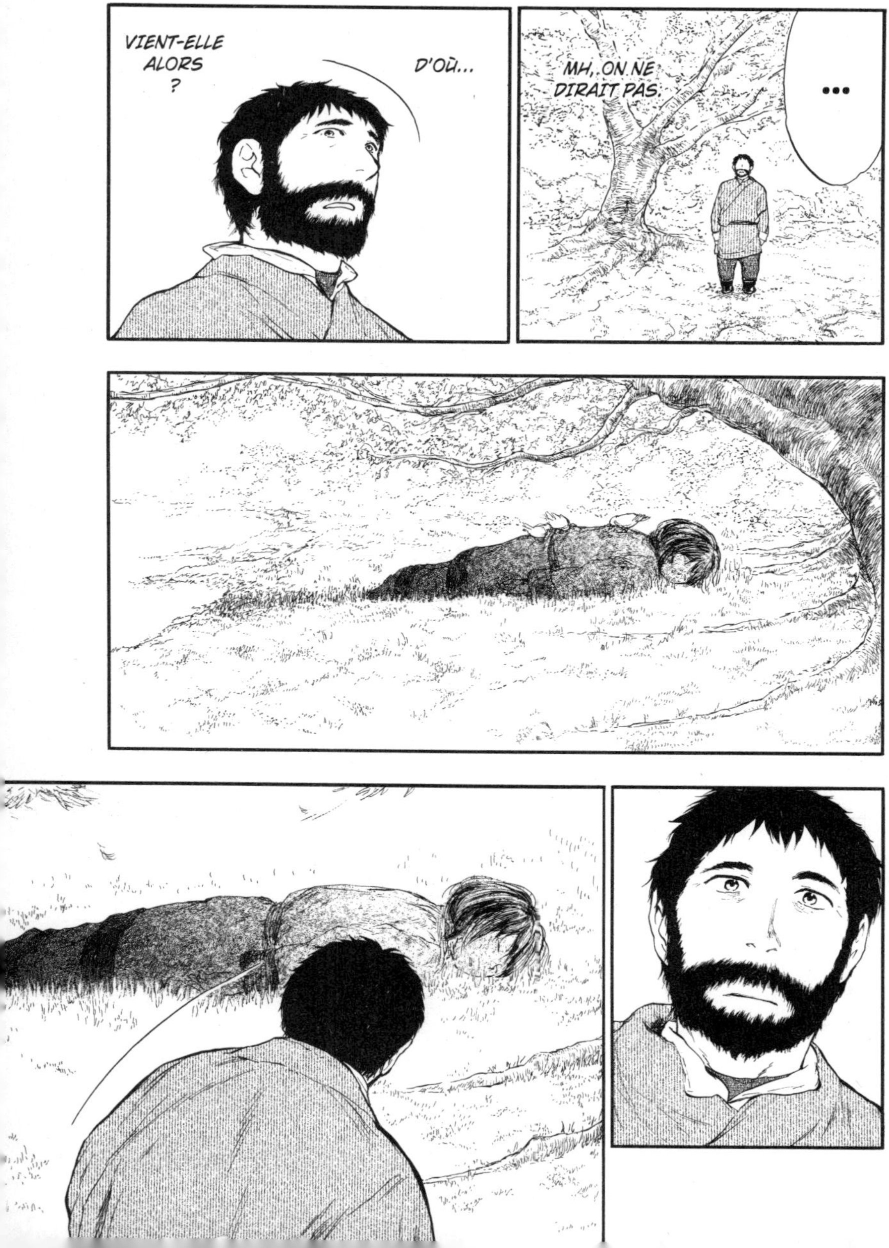
D'OÙ...
VIENT-ELLE ALORS ?
...
MH, ON NE DIRAIT PAS.

...
PAUVRE ENFANT...
ELLE ÉTAIT ENCORE SI JEUNE...
!
AAAH

AAAH...
MAIS... ELLE EST VIVANTE !
HÉ ! HÉ !
TU M'EN-TENDS ?!
BAF
BAF
BAF
OUVRE LES YEUX !
TU ES CONS-CIENTE ?!
...

!
GWIP
ELLE EST GRAVEMENT BLESSÉE.
AH LÀ LÀ...

ELIN
La charmeuse de bêtes

!
DWU ズブ
DWU ズズ...
SNIF
SNIF
TWIC ズキン
HUU
HUU
TWIC ズキン
MAMAN...
DWU ズブ
MAMAN ?
AH...
J'AI MAL...
SNIF
HUU
ELIN...
FSHH
MAMAN !

!
ググ…
DWU
グオオオ
DWU
GWORF
GLOUP
!
DES TÔDA !
?
OÙ EST-CE QU'ILS VONT ?
ELIN...

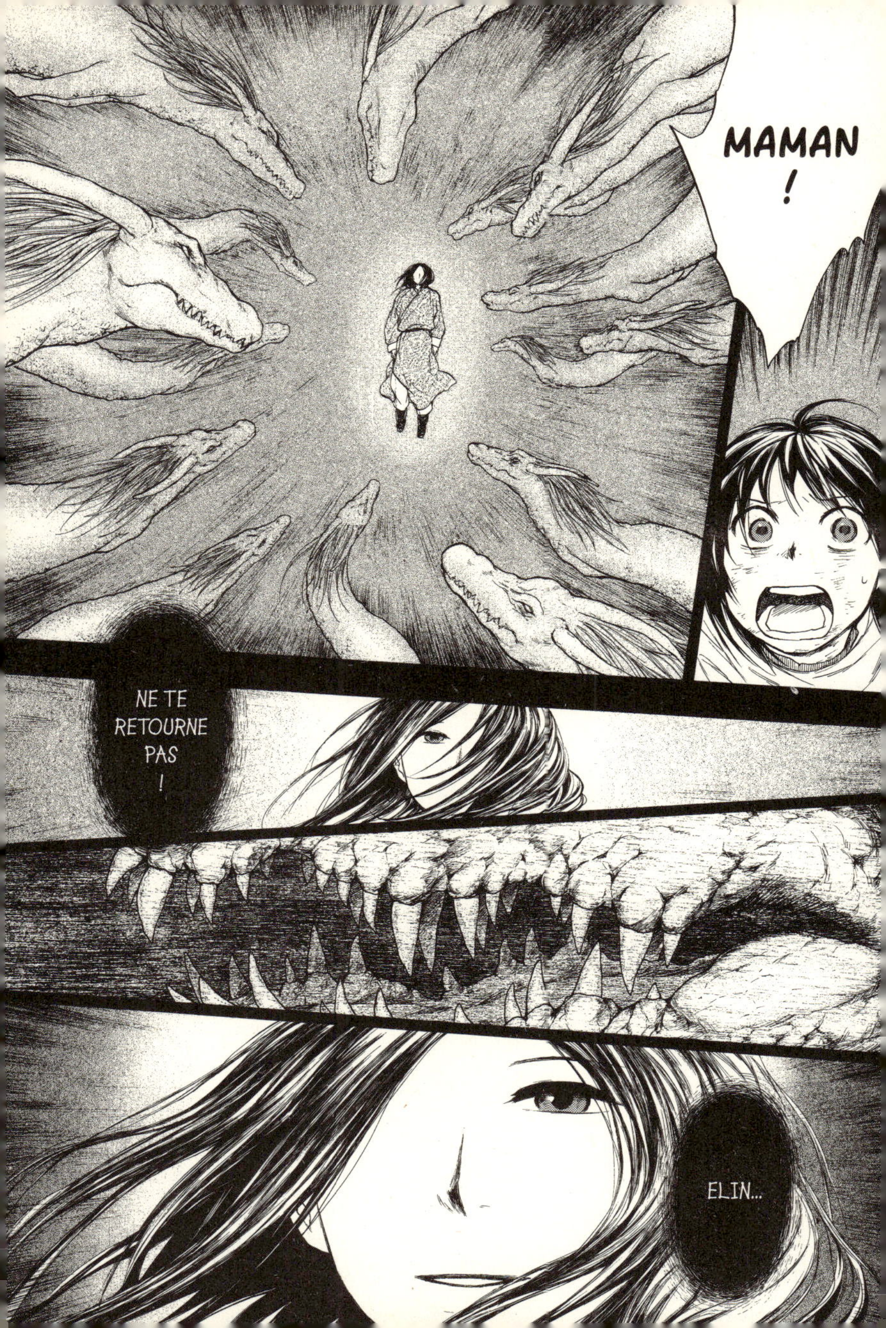
MAMAN !
NE TE RETOURNE PAS !
ELIN...

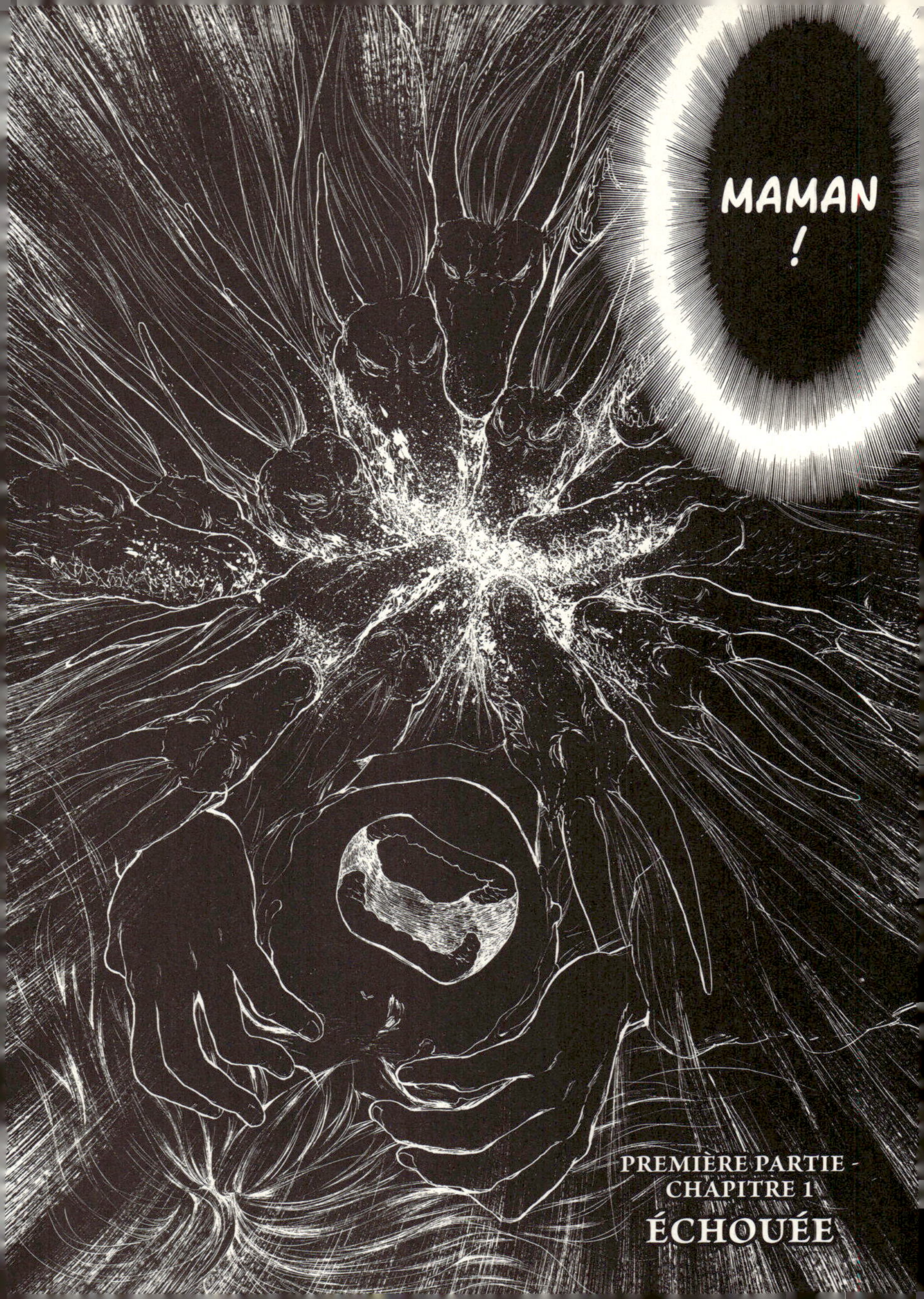

PREMIÈRE PARTIE - CHAPITRE 1
ÉCHOUÉE

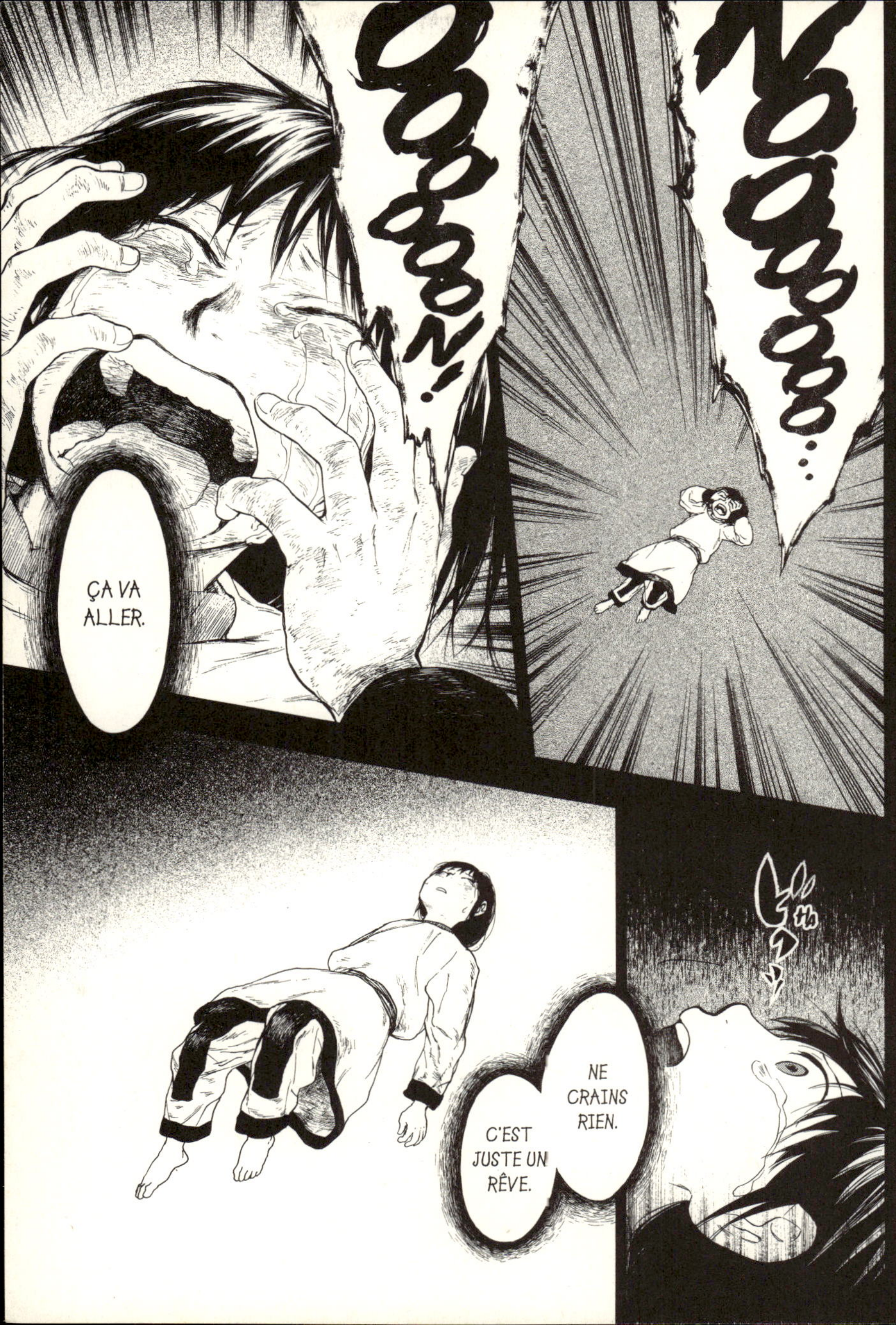
NOOOOOOOO...
OOOOOOOON!
ÇA VA ALLER.
NE CRAINS RIEN.
C'EST JUSTE UN RÊVE.

TU ES JUSTE EN TRAIN DE RÊVER.
N'AIE PAS PEUR.
POF
POF
...
AAAH
AAAH

CUI
CUI
SHIF
...
グ
SNIF
NNN

ぐ
TSUP
!
BOM
UUUH !
QUE...
QU'EST-CE QU'IL SE PASSE ?

PRFF...
...
HA HA HA
HI HI HI
JE VOIS QUE TU SAIS RIRE.
...
EH BIEN...
PHYSIQUEMENT, TU NE TE SENS PAS TROP MAL ?
TU AS UNE MINE SEREINE, AUJOURD'HUI.
ON DIRAIT QUE LA FIÈVRE EST TOMBÉE.

TSOF
BIEN.
MONTRE-MOI UN PEU TES JAMBES.
ELLES ONT BIEN DÉGONFLÉ.
ELLES RETROUVERONT LEUR APPARENCE NORMALE DANS PEU DE TEMPS.
ON PEUT DIRE QUE TU AS...
BEAUCOUP DE CHANCE.
TU ÉTAIS ENTRE LA VIE ET LA MORT...
MAIS TU ES FINALEMENT REVENUE PARMI NOUS.
DODOM

TWIC
ズキン
HAA
HAA
TWIC
ズキン
MA...
MAMAN...
MAMAN...
MAMAN
!

HUUU
SNIF
HUU
PLEURE AUTANT QUE TU EN AS BESOIN.
PLUS TES LARMES COULERONT...
ET PLUS LA TRISTESSE S'ÉCOULERA DE TON CŒUR.

POF
ET UN JOUR, TU FINIRAS PAR OUBLIER...
CE QUI TE FAIT TANT DE PEINE.
...
QUOI ?
ÇA VEUT DIRE QUE...
QUAND TOUTES MES LARMES AURONT COULÉ...
JE NE ME SOUVIENDRAI PLUS DE MA MÈRE ?

NON ! ÇA, JAMAIS !
TSAF TSAF
...
POF
KOF
KEUF
KUH KOF
GURF
HÉ...
NON !
NE RETIENS PAS TES LARMES. LAISSE-TOI ALLER.

QUELQUE CHOSE...
NE VA PAS ?
...
JE NE VEUX PAS...
PLEURER.
C'EST TOUT.
HEIN ?
MAIS POURQUOI ?
...
HOP.
STAP
STAP
STAP
...

...
HM...
FRISH
!
SKUIM
POF
...
...
UUH...
J'AI DES... VERTIGES...
... S'ILS NE PASSENT PAS...
JE SUIS MAL...
SNIF ?
TLOP TLOP
...
ÇA SENT BON.
GROUUUIC
TU TE SENS CAPABLE...
D'AVALER QUELQUE CHOSE ?
TAP TAP

TIENS...
VOILÀ LE PETIT-DÉJEUNER.
!
MUNCH MUNCH
TU AIMES ?
HOCHE HOCHE
J'EN ÉTAIS SÛR !
MES ABEILLES SE SONT DONNÉ DU MAL...
POUR FABRIQUER CE MIEL.
C'EST LE MEILLEUR DE TOUTE LA RÉGION !

ET ÇA...
QU'EST-CE QUE C'EST ?
CETTE ESPÈCE DE BISCUIT MOU EST COMPLÈTEMENT IMBIBÉ DE MIEL.
C'EST VRAIMENT BON.
...
AH...
DU FAHKO.
ON EN MANGE TOUT LE TEMPS ICI.
POUR LE FAIRE, ON MOUD DU MILLET...
ET ON LE PÉTRIT ENSUITE AVEC DE L'EAU.
ÇA A UN PARFUM AGRÉABLE, PAS VRAI ?
...
DIS-MOI...
D'HABITUDE...
QU'EST-CE QUE TU MANGES AU PETIT-DÉJEUNER ?

DU RIZ...
ET DE LA SOUPE.
MMMH...
MES PREMIÈRES IMPRESSIONS SE CONFIRMENT.
TU ES DONC BIEN UNE HABITANTE D'ARHAN, UNE "WAJAK", COMME ON LES APPELLE.
ARHAN EST BIEN PLUS VASTE QUE NOTRE TERRITOIRE DE YOJEH.
IL POSSÈDE DE NOMBREUSES PLAINES ET D'ABONDANTES RÉSERVES D'EAU.
CE SONT DES CONDITIONS IDÉALES POUR LA RIZICULTURE.
VOUS ÊTES EN TRAIN DE ME DIRE...
QUE NOUS NE SOMMES PAS À ARHAN ICI ?
NOUS NOUS TROUVONS À L'EXTRÊME EST DE YOJEH, DANS LE DISTRICT DE SANOL.
C'EST UNE ZONE MONTAGNEUSE.
ELLE EST PLUS ADAPTÉE À LA CULTURE DES CÉRÉALES ET DU BLÉ QU'À CELLE DU RIZ.
VOILÀ POURQUOI NOUS MANGEONS DU FAHKO.

À EN JUGER PAR TA RÉACTION, TU NE SAVAIS PAS OÙ TU ÉTAIS.
OÙ SONT TES PARENTS ?
HUM...
TU N'AS DONC...
PAS DE PARENTS OU DE FAMILLE ?
QU'EST-CE QU'IL S'EST PASSÉ ?
QUAND JE T'AI TROUVÉE, TU ÉTAIS PLEINE DE BOUE...
ÉVANOUIE AU BORD DU LAC.

...
SI TU PRÉFÈRES NE PAS EN PARLER...
JE NE T'Y OBLIGE PAS.
MAIS...
TU PEUX QUAND MÊME ME DIRE TON PRÉNOM, NON ?
MOI, JE M'APPELLE JOHUN.
ET TOI ?
VLAH
POC

MON NOM EST ELIN.
JE VOUS REMERCIE INFINIMENT...
DE M'AVOIR SAUVÉE.
...
COMME LA POMME DES MON-TAGNES...
C'EST UN JOLI PRÉNOM.

CETTE BIENSÉANCE, CETTE TENUE, AINSI QUE SON NIVEAU DE LANGUE...
INDIQUENT QU'ELLE N'EST PAS D'UNE FAMILLE DE SALTIMBANQUES OU DE VAGABONDS.
IL EST CLAIR QU'ELLE A GRANDI DANS UNE FAMILLE DE LA CLASSE DES ARTISANS, VOIRE PLUS ÉLEVÉE.
COMMENT SE FAIT-IL QU'ELLE SE SOIT RETROUVÉE ICI ?
ET PUIS...
IL Y A SES YEUX VERTS. UNE CARACTÉRISTIQUE DES AHLYO...

LES ARTISANS DÉTESTENT LES VAGABONDS.
DIFFICILE DE CROIRE QUE QUELQU'UN DE CETTE CLASSE ACCEPTERAIT DE SE MARIER AVEC UN AHLYO.
LE PROBLÈME...
EST RÉCIPROQUE D'AILLEURS.
ON RACONTE QUE LES AHLYO S'OPPOSENT PAR-DESSUS TOUT AUX MARIAGES MIXTES.
MH...
JE ME DEMANDE...
CE QU'IL EN EST.
ENFIN, J'EN SAURAI PLUS LE MOMENT VENU.
TU ES ENCORE FAIBLE. IL FAUT QUE TU MANGES BIEN...
POUR REPRENDRE DES FORCES.
VIUF

BON...
ÉTANT DONNÉ QUE JE N'AI PRESQUE PAS DORMI...
JE VAIS FAIRE UNE PETITE SIESTE.
TOI AUSSI, IL VAUT MIEUX QUE TU RESTES AU LIT, AUJOURD'HUI.
LES LATRINES SONT À DROITE EN SORTANT DE LA MAISON.
TWUM
ZZZ
ROOOON
ROOOON
PSHUUU
JE N'ENTENDS NI LA CLOCHE QUI SERT À APPELER LES SOIGNEURS...
NI LA PETITE SŒUR DE SAJU PLEURER...

PEUT-ÊTRE QUE JE DEVRAIS...
RENTRER AU VILLAGE...
SWIF
SWIF
NON...
SES HABITANTS ONT LAISSÉ MA MÈRE SE FAIRE TUER.
SANS ELLE, IL N'EST PLUS RIEN POUR MOI.
MAMAN...
...
QU'EST-CE QUE...
BOBOM
JE VAIS DEVENIR TOUTE SEULE ?
BOBOM

PREMIÈRE PARTIE -
CHAPITRE 2

L'ENVOL DE LA REINE

FWUP
CUI CUI
CLOC
CLAC
OH...
JE VOIS QUE TU ES RÉVEILLÉE.

MH...
TU AS UNE BIEN MEILLEURE MINE QU'HIER.
LES ENFANTS ONT SOUVENT DES POUSSÉES DE FIÈVRE.
MAIS ILS SE RÉTABLISSENT VITE.
TU TE SENS CAPABLE DE SORTIR, AUJOURD'HUI ?
OUI OUI
BIEN.
VOILÀ POUR TOI.
...
?
VOUS POUVEZ...
M'EXPLIQUER CE QUE C'EST ?
CELA SERT À TE PROTÉGER DE MES TRÉSORS.
ENCORE UN PEU DE PATIENCE...
ET TU VERRAS DE QUOI IL S'AGIT.

!
C'EST LA PREMIÈRE FOIS QUE TU VOIS LES MONTAGNES DES DIEUX, AFON NOAH, COMME ON LES APPELLE ?
TSAF
...

ELLES REPRÉSENTENT LE MUR SÉPARANT LE MONDE DES DIEUX DU NÔTRE.
ON RACONTE QUE LES ANCÊTRES DE LA REINE DE YOJEH...
VIVAIENT DE L'AUTRE CÔTÉ.
JE M'EN SOUVIENS.
MA MÈRE M'AVAIT PARLÉ DE CE MYTHE !
LES MONTAGNES AFON NOAH, TU DIS ?

EXACTEMENT.
IL Y A TRÈS LONGTEMPS, D'EFFROYABLES DIEUX...
ONT DÉCIDÉ D'ÉRIGER UNE BARRIÈRE POUR LES SÉPARER DES HUMAINS.
C'EST AINSI QU'ILS ONT BÂTI L'AFON NOAH.
AH...
J'AI DU MAL À CROIRE QUE CES FAMEUSES MONTAGNES SE TROUVENT SOUS MES YEUX...
HA HA HA
À FORCE D'ÉCARQUILLER LES YEUX COMME ÇA...
TES GLOBES OCULAIRES VONT FINIR PAR TOMBER.
L'AFON NOAH SE TROUVE LÀ DEPUIS LE COMMENCEMENT DE NOTRE MONDE.
TU AURAS TOUT LE TEMPS DE LES CONTEMPLER PLUS TARD.
ALLONS D'ABORD VOIR MES TRÉSORS.

OOOH!
BZZZZ

FSHUU...
NE BOUGE PAS...
Bzzzzzzz
Bzzzzzzz
...
ÇA SIGNIFIE QUE JE SUIS PASSÉ À CÔTÉ D'UNE CELLULE ROYALE ?!
C'EST UN ESSAIM !

!
AAH !
GRIP
SURTOUT, PAS DE MOUVEMENTS BRUSQUES.
BZZZZ
BZZZZ
METS TON CHAPEAU TOUT EN DOUCEUR.
...
!
NE CRAINS RIEN.
SI ON RESTE IMMOBILES...
CES ABEILLES NE NOUS ATTAQUERONT PAS.

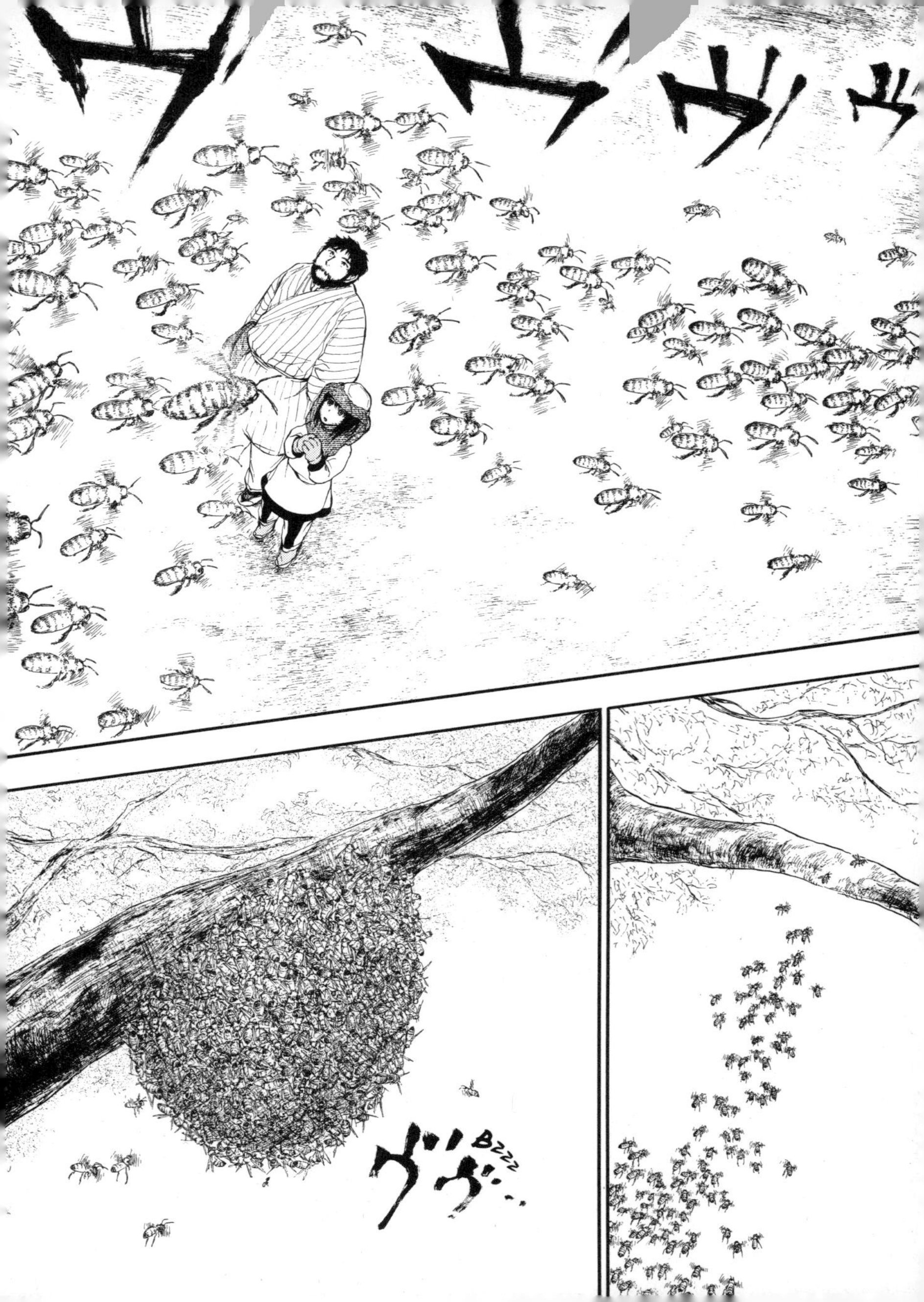
ヴヴヴヴ
ヴヴ‥
BZZZ

BZZZZZ
TIENS ? ELLES SE SONT ARRÊTÉES.
...
C'EST BON.
TU PEUX TE DÉPLACER.
PFIOUH
MAIS LENTEMENT, D'ACCORD ?
PFIOUH

QUAND ELLES S'ENTASSENT AINSI SUR UNE BRANCHE...
ELLES NE BOUGENT PLUS PENDANT UNE DEMI-JOURNÉE.
...
...
POURQUOI...
ELLES SE SONT POSÉES LÀ-BAS ?
IL Y A DU MIEL QUI COULE DE CETTE BRANCHE ?
PFRRR...

MAIS NON.
C'EST UN ESSAIM GUIDÉ PAR UNE REINE QUI A ABANDONNÉ SA VIEILLE RUCHE.
LA REINE SE TROUVE PARMI TOUTES CES ABEILLES ?
TU AS DÛ EN REMARQUER UNE GROSSE QUI FERMAIT LA MARCHE.
C'EST ELLE.
LORSQU'ELLE SENT QUE LA COLONIE EST TROP GRANDE POUR LA RUCHE...
ELLE DÉCIDE D'EN CONFIER LA MOITIÉ À UNE LARVE QUI DEVIENDRA REINE.
ENSUITE, ELLE QUITTE LA RUCHE AVEC L'AUTRE MOITIÉ.

JE PRENDS BIEN SOIN DE COUPER EN PARTIE LES AILES DE LA REINE, AFIN QU'ELLES NE PUISSENT PAS ALLER TROP LOIN.
CELA ME FAIT MAL AU CŒUR, MAIS C'EST LA SEULE SOLUTION.
SI ÇA ARRIVAIT, JE ME RETROUVERAIS SANS GAGNE-PAIN.
MH...
ET ELLES S'EN VONT LOIN ?
HOP.
CLOC
BON...
TU VAS ME DONNER UN COUP DE MAIN.
ON VA LEUR PRÉPARER UNE NOUVELLE RUCHE.

AH...
J'AVAIS OUBLIÉ...
QU'IL NE ME RESTAIT QUE CELLE-CI.
MOI, JE VAIS PORTER ÇA.
EST-CE QUE TU PEUX PRENDRE CE POT NOIR, LÀ-BAS ?
IL PARLE DE ÇA ?
VOUS VOULEZ DIRE...
LE PULVÉRI-SATEUR ?

...
TAP
C'EST PARCE QUE ÇA RESSEMBLE AU PULVÉRISATEUR UTILISÉ POUR SOIGNER LES BLESSURES DES TÔDA...
TU M'IMPRESSIONNES. JE NE PENSAIS PAS QUE TU SAVAIS DE QUOI IL S'AGISSAIT.
EXACTEMENT.
FIXE

ON APPELLE ÇA DES CADRES.
ON VA EN FAIRE LA MAISON DES ABEILLES.
DONNE-MOI LE PULVÉRISATEUR.
PSHIF
PSHIF
PSHIF
...
OH, ÇA SENT BON !
HA HA !
ESPÉRONS QUE LES ABEILLES SERONT DU MÊME AVIS !
AH...
J'AI COMPRIS.
VOUS ASPERGEZ CETTE ODEUR POUR LES ATTIRER DANS LA BOÎTE.
UN PEU COMME LE PRINCIPE DU PARFUM DES FLEURS QUI LES ATTIRE.

...
DIS-MOI...
QUEL ÂGE AS-TU ?
EUH...
10 ANS.
MH...
À TA FAÇON DE PARLER, TU PARAÎS PLUS AGÉE.
ELIN, TU PARLES VRAIMENT COMME UNE ADULTE.
ON ME L'A DÉJÀ FAIT REMARQUER...
BLUSH
JE NE DIS PAS QUE TU ES IMPERTINENTE.
AU CONTRAIRE, CELA ME LAISSE ADMIRATIF.
...
MALHEUREU-SEMENT...
CE N'EST PAS LA BONNE RÉPONSE.

L'ÉTAPE POUR ATTIRER L'ESSAIM EST LA SUIVANTE.
JE VAIS PULVÉRISER DE L'EAU SUCRÉE SUR LES CADRES.
LE LIQUIDE QUE JE VIENS DE METTRE SERT À AUTRE CHOSE.
TU AS UNE IDÉE ?
HUM...
JE SAIS BIEN QUE TU NE PEUX PAS LE SAVOIR.
PSHIF
PSHIF
L'ODEUR EST VRAIMENT FORTE.
PEUT-ÊTRE QU'ELLE SERT À ENIVRER LES ABEILLES...

LA "MAISON" DES ABEILLES...
ET UNE ODEUR FORTE...
QUAND DES TÔDA MEURENT DE VIEILLESSE, ON INTRODUIT DE NOUVEAUX TÔDA DANS L'ÉTANG.
À CE MOMENT-LÀ, JE ME SOUVIENS QUE MAMAN ENDUISAIT LES NOUVEAUX TÔDA DU MUCUS DE CEUX MORTS.
DITES...
OUI ?
CES CADRES ...
N'AURAIENT PAS ÉTÉ UTILISÉS DANS UNE AUTRE RUCHE ?
...
QU'EST-CE...
QUI TE FAIT DIRE ÇA ?

OH !
!
...
JE ME DISAIS QUE CETTE ODEUR SERVAIT PEUT-ÊTRE À FAIRE DISPARAÎTRE CELLE DES ABEILLES QUI ONT HABITÉ LÀ AVANT.
TU AS PRESQUE FAIT MOUCHE !
CE PRODUIT...
SERT À ENLEVER UNE ODEUR PARTICULIÈRE.
OH...
ENFIN UN SOURIRE.
TON RIRE EN VAUT CENT, DIS DONC.

* Petit crapaud dégageant une puissante odeur.

JE SUIS VRAIMENT IMPRESSIONNÉ.
QUELQU'UN FAIT DE L'APICULTURE...
DANS TA FAMILLE ?
NON NON
...
ZUT...
J'AI GAFFÉ.
SON VISAGE S'EST DE NOUVEAU OBSCURCI.
DIRE QU'ELLE AVAIT ENFIN MONTRÉ SON SOURIRE...
QUELQUE CHOSE DE GRAVE S'EST PASSÉ DANS SA FAMILLE ET CETTE BLESSURE EST ENCORE DOULOUREUSE...
MA CURIOSITÉ M'A ENCORE FAIT METTRE...
LES PIEDS DANS LE PLAT.

Informations sur l'apiculture obtenues grâce à la ferme apicole Fujiwara située dans le département d'Iwate.

À suivre
dans le tome II

Affrontement direct entre auteurs !

"Elin, La Charmeuse de Bêtes" a eu la chance de s'être vu insuffler une nouvelle vie grâce à de talentueux auteurs. Les personnes qui ont regardé l'anime sur la chaîne NHK ont dû trouver intéressantes les différences avec le style d'expression du manga. Quant aux lecteurs qui aiment le roman, ils ont peut-être pu apprécier l'œuvre d'une autre façon à travers les images de l'anime.

Je n'exagère pas en disant qu'un créateur donne tout ce qu'il a pour trouver les expressions lui permettant de modeler l'histoire comme il le souhaite.
Dans le cas d'une adaptation d'un livre en manga, une méthode consiste à "désosser" l'histoire pour la raconter dans un style différent.

Mais Itoe Takemoto a fait le choix de se mesurer directement à moi, sans prendre un autre chemin.

Cela demande un courage peu commun. À travers le regard d'Elin sur la couverture, j'ai l'impression de voir celui de Mme Takemoto. Elle a d'ailleurs un côté masculin charmeur et je dois dire que j'aime beaucoup les gens faisant preuve de caractère et de spontanéité.
En espérant que vous, lecteurs, vous nous accompagnerez jusqu'à la fin de notre duel.

上橋菜穂子
NAHOKO UEHASHI

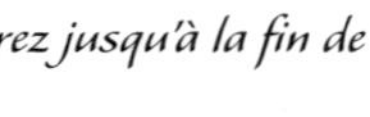

L'adaptation d'un roman que l'on aime en manga, anime, ou dans un tout autre format est source d'espoir et d'inquiétude. C'est d'autant plus le cas lorsque l'œuvre originale est un roman, car chaque lecteur crée en lui sa propre image en lisant le texte.

Avant de prendre mes crayons et mes stylos, il a donc fallu que j'imagine concrètement toutes les scènes de l'histoire. Malheureusement, c'est une opération difficile. Je ne compte plus les dures journées pendant lesquelles c'était le trou noir dans mon esprit. En tant que fan du roman, je crois que je sentais un grand poids sur mes épaules. Ces derniers temps, je me suis enfin habituée, ou plutôt disons que je tiens (discrètement) compte de l'opinion de mon entourage.

Je suis honorée par le message de Mme Nahoko Uehashi. Il s'agit donc d'un affrontement direct entre nous deux. Il est vrai que je fonce vers l'adversaire sans trop réfléchir, si je puis dire... Je compte sur vous pour suivre notre “combat” jusqu'au bout.

Avec tous mes remerciements !

Je remercie également Mme Nahoko Uehashi, M. Nagaoka, Mme Sugiyama, M. Eto, M. Ôsuga, M. Katayori, Chizu, Fumika, M. Matsuura, M. Moegi, Runa, la ferme apicole Fujiwara pour ses conseils en apiculture, sans oublier mes amis, mes parents, et bien évidemment vous, chers lecteurs !

Titre original :
Kemono no sôja, vol. 1

First published in Japan in 2009
by Kodansha Ltd., Tokyo.
Publication rights for this French edition
arranged through Kodansha Ltd., Tokyo.

Traduction du japonais : Emmanuel Bonavita
Adaptation graphique : Martin Berberian (B.L.A.C.K Studio)
Maquette de couverture : Noëmie Chevalier
Suivi éditorial : Margaud Fossé
Responsable éditorial : Mehdi Benrabah

Édition française
2019 Pika Édition
ISBN : 978-2-8116-4091-0
ISSN : 2102-4634
Dépôt légal : janvier 2019

Achevé d'imprimer en France
par Jouve-Print en février 2021

PAPIER À BASE DE
FIBRES CERTIFIÉES

Pika Édition s'engage pour l'environnement en
réduisant l'empreinte carbone de ses livres.
Rendez-vous sur www.pika-durable.fr

www.pika.fr